泉《いずみ》 鏡花《きょうか》　1903(明治 36)年

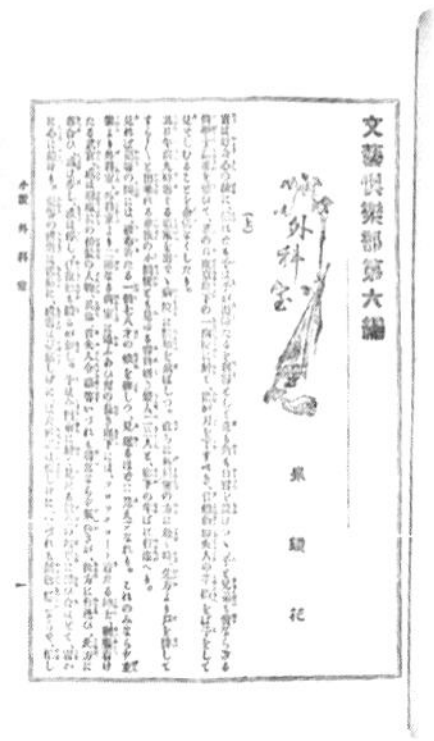

文藝倶樂部第六編

外科室

（上）

泉鏡花

小説 外科室

❶雑誌発表の『外科室』
（「文芸倶楽部《くらぶ》」1895年6月）

❷半蔵濠《はんぞうぼり》と半蔵門（東京都千代田区）

❸『照葉狂言』口絵　鈴木華邨《すずきかそん》画

❹『照葉狂言』表紙（1900年4月刊）

読んでおきたい日本の名作

照葉狂言・夜行巡査 ほか

泉　鏡花

教育出版

目次

照葉《てりは》狂言《きやうげん》

鞠《まり》唄《うた》

一

二坪《ふたつぼ》に足らぬ市中《まちなか》の日蔭《ひかげ》の庭に、よくもかう生《お》ひ立ちしな、一本《ひともと》の青楓《あをかへで》、塀《へい》の内に年経たり。さるも老い木の春寒しとや、枝も幹もただ日なたに向かひて、戸の外にばかり茂《しげ》りたれば、広からざる小路《こうぢ》の中を横ぎりて、枝さきは伸《の》びて、やがてむかひなる、二階家の窓にとどかんとす。その窓にときどき姿を見せて、われに笑顔《ゑがほ》向けたまふは、うつくしき姉上なり。

朝な夕な、琴弾《ことひ》きたまふが、われ物心覚えてより一日《ひとひ》もたゆることなかりしに、わが母みまかりたまひし日よりふとやみぬ。遊びに行きし時、そのわけ問ひたるに、なにゆゑといふにはあらず、飽《あ》きたればなりとのたまふ。されどかしこなる下婢《かひ》の、ひそかにその実《まこと》を語りし時は、をさなごころにもわ

青楓　紅葉していないカエデ。
さるも　それでも。
みまかりたまひし日　お亡《な》くなりになった日。
下婢　下女。召《め》し使いの女性。

れうれしく思ひそみぬ。

「それはね、坊《ばつ》ちやん、あのなんですツて。あなたのね、おつかさんがおなくなりあそばしたのを、ご近所にゐながら鳴り物もいかがなわけだつて、お孃様《ぢやうさま》がご遠慮《ゑんりよ》をあそばすんでございますよ。」

そのとなりに三十ばかりの女房《にようばう》一人住みたり。両隣《りやうどなり》は皆《みな》二階家なるに、そこばかり平家《ひらや》にて、屋根低く、軒《のき》もまたささやかなりければ、大いなる凹《あふ》の字ぞ中空《なかぞら》に描《ゑが》かれたる。この住居《すまひ》は狭《せま》かりけれど、奥《おく》と店との間に一つの池ありて、金魚、緋鯉《ひごひ》などあまた養ひぬ。誰《た》が飼ひはじめしともなく古くより持ち伝へたるなり。近隣《きんりん》の人は皆年久しく住みたれど、そこのみはしばしば家主かはりぬ。さればわれその女房とはまだ新しきなじみなれど、池なる小魚《こうを》とは久しきなかなりき。

「小母《をば》さん小母さん。」

この時髪《かみ》や洗ひけん。障子の透《す》き間《ま》よりさしのぞけば、膚《はだ》白く肩《かた》に手拭《てぬぐひ》を懸《か》けたるが、奥の柱によりかかれり。

「金魚は、あのうちにゐるかい。」

鳴り物　楽器の総称《そうしよう》。

「ゐますとも、なぜ今朝《けさ》ツからいらつしやらないツて、待つてるわ、貢《みつぎ》さん。」

「さう。」

「あら、さう、ぢやアありません、お入りなさいよ、ちよいと。」

「だつて開《あ》かないもの、この戸は重いねえ。」

手を空《そら》ざまに、わが丈《たけ》より高き戸の引き手を押《お》せば、がたがたと音したるが、急にずらりと開く。をんなは上がり框《がまち》に立ちたるまま、腕《かひな》を延べたる半身、斜《なな》めに狭き沓《くつ》脱《ぬ》ぎの上におほはれかかれる。その袖《そで》の下をかいくぐりて、つとすりぬけつつ、池ある方《かた》に走り行くをはたはたと追ひかけて、後ろより抱《いだ》きとどめ、

「なぜさうですよ。金魚ばかりせツついて、この児《こ》は。わたしともお遊びツてば、いやかい。」

とほほゑみたり。

「うむ。」

「うむ、ぢやアありません。そんなことをお言ひだとわたしや金魚をうらみますよ。そして貢さんのお見えなさらない時に、焼け火箸《ひばし》を押ツ着けて、ひ

わが丈　自分の背丈。
引き手　障子や戸をあけたてする時に手をかける所。

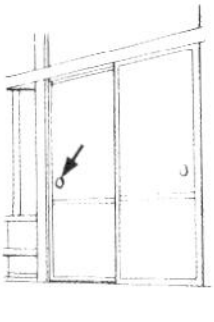

上がり框　家の上がり口の床《ゆか》の横木。

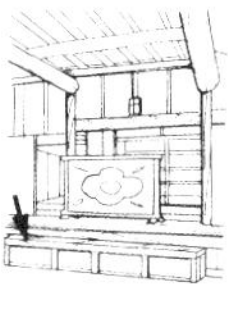

せツついて　しきりに催促《さいそく》する。

どい目にあはせてやるよ。」

「いやだ。」

「それぢや、まあおすわんなさい。そしてまた手鞠歌《てまりうた》を唄《うた》つてお聞かせな。あのあとが覚えたいからさ。何といふんだつけね。……二両で帯を買うて、三両で絎《く》けて、二両で帯を買うて、それから、三両で絎けて、さうしてどうするの、三両で絎けて……。」

「今年はじめて花見に出たら、寺の和尚《おしやう》に抱《だ》きとめられて。」

とわれは節つけて唄ひいだしぬ。

をんなは耳を澄《す》まして聞く。

「寺の和尚に抱きとめられて、よしやれ、放しやれ、帯切らしやるな。」

「おや、お上手だ。」と障子の外より誰《たれ》やらむ呼ぶ者ありけり。

二

「誰《だれ》？」と言ひかけて走りいで、障子のすきまよりおもてを見しが、彼《かれ》はははや町のかなたに行く、その後ろ姿は、隣《となり》なる広岡《ひろおか》の家の下婢《かひ》なりき。

二両で……　「御正御正お正月」で始まる東京の手鞠唄。
絎けて　縫《ぬ》い目が見えないように縫って。

「貢《みつぎ》さんが、お上手だもんだから。立つて聞いてたの。それはね、唄《うた》も節もまるでわたしたちの知ツてるのと違《ちが》ふんだもの。もつと聞かしてください、あとでまた昨日《きのふ》の続きのお話をしてあげますから。」

このをんな、昔話の上手にて、をさなきものにもよくわかるやう、あはれなる、をかしき物語して聞かす。いつもおもしろき節にてやめては、明くる日その続きをと思ふに、まづわれに鞠歌を唄はしむるなり。

「高い縁《えん》から突《つ》き落とされて、笄《かうがい》落とし、小枕《こまくら》落とし……。」

と唄ひ続けつ。頭《かしら》を垂れて聞き果てたり。

「なんだかあはれつぽいのね。ふさいでくるやうだけれど、とんだおもしろいよ。わたしたちの覚えたのは、内方袖方《うちかたそでかた》、御手《おんて》に蝶《てふ》や花、どうやどうんど、どうやどうんど、一丁、二丁、三丁、四《し》丁ツてもう陽気なことばかりで、訳がわからないけれど、貢さんのはまた格別だねえ。ありがたうござんした。それではちやうどひまだし、昨日のあの、阿銀小銀《おぎんこぎん》のあとを話してあげませう。」

とて語りいづる、大方の筋は継母《ままはは》のその継《まま》しき児《こ》にむごきなりけり。

内方袖方　まりを袖の内側や外側にくぐらせること。金沢の手鞠唄の歌い出し。

阿銀小銀　全国的に流布する継子いじめの話。妹が母にいじめられる継子の姉をかばう。金沢に伝わる話では、姉の死後妹も身投げして死ぬ。

「昨日《きのふ》はどこまで話しましたツけね、さうさう、さうするとね、貢《みつぎ》さん、妹の小銀《こぎん》といふ子が感心ぢやありませんか。今のおつかさんの子で、姉《ねえ》さんの阿銀《おぎん》とはおなかが違《ちが》つてゐるのだけれど、それはそれは姉おもひの優《やさ》しい子で、姉さんが継母《ままはは》の悪だくみで山へ棄《す》てられるといふのを聞いて、どんなにか泣いたらう。なんてツて頼《たの》んでも、おつかさんはきいれないし、おとつさんは旅の空。家来や小者はもうみんながおつかさんにおべつかツてるんだから、誰《だれ》一人とりなしてくれようといふものはなし、しかたがないので、そつとね、姉さんがむじつの罪をきせられて――ゆうべ話したツけ――むじつといふのはなんにも知らない罪を塗《ぬ》りつけられたの。納屋《なや》の中に縛《しば》られてゐるところへ忍《しの》んで逢《あ》ひにいつてね、言ふやうには、姉さん、わたしがどんなにかおつかさんに頼んだけれど、どうしても堪忍《かんにん》しませんから、いつたん連れられておいでなさいまし。後でまたどうにでもしてお助け申しませう。さうして、いらツしやるところがわからないでは、お迎《むか》ひに行くことができませんから、これを……ツて、さういつて、胡麻《ごま》をひとつかみ、姉さんの袂《たもと》へ入れてあげたの。行く道々、中の絶えないやうに、そこいらにまいておいで

小者　下男。
おべつかツてる　へつらっている。

なさい。それをたよりにして逢ひに行くツて、まあ、賢《かしこ》いぢやアありません か、小銀はやうやう九つ。

その晩は手を取りあツて、二人が泣いて別れて、明くる日になると、おつかさんの眼《め》を忍んで小銀が裏庭へ出て見ると、枝折戸《しをりど》のところから、ぽつちりづつ、あのゆうべの胡麻がこぼれ出して、細い、暗い、背戸山《せどやま》の坂道へかかつてゐるのを、拾ひ拾ひ、ずツとずツと遠い遠い、路《みち》を歩いて、さびしい山ン中へ入ツていツたの。さうするとね、新しく土を掘《ほ》りかへしたところがあツて、かきよせたあとが小高くなツてて、その上へ大きな石が乗ツけてあつて、そこまで小銀がたどつてゆくと、ひとすぢ細うく絶え絶えに続いてゐた胡麻のあとがなくなつてゐたでせう。

もう疑ふことはない。姉さんはこの中にいれられたな、と思ひながら、姉さん、姉さん、と地《つち》に口をつけて呼んでみても返事がないから、はツと思つて、泣き伏《ふ》して、耳をかう。」

言ひかけてをんなは頭《かうべ》を傾《かたむ》け、顔を斜《なな》めに眼をねむりて手をその耳にあてたるが、「ね。」とばかり笑顔寂《ゑがほさび》しく、うつとりと眼を開きてわが顔をば見し。

背戸　家のうしろ側。

おもてには風の音、さらさらと、わが家《いへ》なるかの楓《かへで》の葉を鳴らして、町のはづれに吹《ふ》き通る、四つ角あたり夕戸出《ゆふとで》の油売る声はるかなり。

三

ひとしきり窓あかるく、白きほこり見えたるが、はやものに紛《まぎ》れてくらくなりぬ。寂《さび》しくなりたれば、近寄りてをんなの膝《ひざ》に片手突《つ》きぬ。かなたも寒くなりけむ、肌《はだ》を入れつ。片袖《かたそで》を掛《か》けてわが背《せな》を抱《いだ》きておほひながら、顔さしのぞくさまして、なほしめやかにぞ語れる。

「さうすると、深い深い、下の方で、かすかに、姉の阿銀《おぎん》がね、貢《みつぎ》さん、（ああい。）てツて返事をしましたとさ。

それからまた精いつぱいな声で、姉《ねえ》さん姉さんツて呼んだの。さうすると、ああ、もう水が出て、足の裏が冷たくツて冷たくツて、と姉さんがお言ひだとね。土を掘《は》つたのだもの、水が出ますわ。

どうぞして、上の石をのけて出してあげようとお為《し》だけれど、大きな男が幾人《いくにん》もかかつて据《す》ゑたものを、どうして小銀《こぎん》の手に合ふものかね。そちこち

夕戸出の油売る　夕方出て、行灯《あんどん》やランプの油を売る。

するうち日が暮れさうだから、泣き泣きその日は帰つてしまつて、あくる日また尋《たづ》ねていつて、小銀が（小銀が来ましたよ、小銀が来ましたよ。姉さん、姉さん、どこまで水がつきました。）ツて、問うたればね、膝まで水がつきましたツて、さうお言ひだとさ。そのあくる日は、もう股《もも》のところへついたツて。またそのあくる日行つた時は、お腹《なか》の上まで来たんですとね。さうしてもうさうなると、水足が早くなつて、小銀が、姉さん、姉さんツて聞くうちに、乳《ちち》の下まで着いたんだよ。山の中はひつそりして、鳥の声も聞こえない。人ツ子一人通らうではなし、助けてもらふわけにはゆかず、といつて石はのけられないし、ただもうせめてのことに、お見舞《みま》ひをいふばかり、小銀が悲しい声を絞《しぼ》つて。」

この時をんなは一息つきたり。あはれなるこの物語は、土地の人口碑《こうひ》に伝へて、孫子《まごこ》に語り聞かす、一種のおとぎばなしなりけるが、ここをば語るには、誰《たれ》もかく為《す》なりとぞ。をんなもいま悲しげなる小銀の声をまねむとて、声繕《こわづくろ》ひをしたりしなり。

「(姉さんや、姉さんや、どこまで水がつきました。どこまで水がつきました。

水足　水のいきおい。

口碑　昔からの言い伝え。

声繕ひ　地声でなく、作り声をすること。

もう一度顔が見たいねえ！　小銀《こぎん》が来ましたよう。）ツて、呼んでも呼んでも返事がないの。もう下で口が利《き》けなくなつたんでせう。小銀の悲しさは、まあどんなだつたらうねえ。かなはないとは思つても、ひよツと聞こえようかと、（姉《ねえ》さんや、姉さんや、どこまで水がつきました。）阿銀《おぎん》さん、姉さんツて、はツと泣き倒《たふ》れて、姉さん、姉さん。」

と悲しき声す。さきより我知らず悲しくなりしを押《お》しこらへてゐたりしが、もはや忍《しの》ばずなりて、わツと泣きぬ。驚《おどろ》きて口をつぐみしをんなは、ひたとあきれしさまにて、手もつけでぞみまもりける。

門《かど》の戸引き開けて、つと入《はひ》りざま、沓脱《くつぬ》ぎに立ちてわが名を慌《あわただ》しく呼びたるは、となりなる広岡《ひろをか》の琴弾《ことひ》くかの美しき君なり。

「あれ。」とばかりに後にすさりて、後ろざまにまたその手を格子戸《かうしど》の引き手にかけし、にげもいださむ身のふりして、面《おもて》をばあからめたまへる、なつかしと思ふ人なれば、涙《なみだ》ながら見て、われはにつこと笑ひぬ。

「まあわたしはどうしたといふのでせう。」

かく言ひかけてうつむきたまへり。

ひたと　まったく。

後ろざまに　後ろ向きに。背中を向けて。

なつかし　親しく心ひかれる。

「どうぞ、さあどうぞお入りなさいまし。お嬢様《ぢやうさま》まことに散らかしてをりますが。」

　こなたもあわてていふ。

「はい、まだしみじみご挨拶《あいさつ》にも上がりませぬのに、失礼な、つい、あの、まあ、どうしたらようございませう。」

　詮方《せんかた》なげにほほゑみたまひつ。果ては笑ひとこそなりたれ、わがその時の泣き声の殺されやすると思ふまで烈《はげ》しき悲鳴なりしかば、をりしも戸に倚《よ》りて夕暮れの空を見たまひしが、われにもあらで走り入りたまひしなりとぞ。されば、わが泣きたるも、一つはこの姉上の母の、継母《ままはは》ぞといふことをば、かねて人に聞きて知れればなりき。

四

　うつくしき君の住まひたるは、わが町家《まちや》の軒《のき》ならびに、ならびなき建物にて、白壁《しらかべ》いかめしき土蔵もありたり。内証はいたく富めりしなりとぞ。人数《ひとかず》は少なくて、姉上と、その父と、母と、下婢《かひ》とのみ、もの静かなる仕舞家《しもたや》な

詮方なげに　仕方なさそうに。
内証　暮らしむき。
仕舞家　商売をやめた家。商売をしない家。

りき。

　財産持てりといふには似で、継母《ままはは》なる人のみなりの粗末《そまつ》さよ。前垂れも下《か》婢《ひ》と同じくしたり。髪《かみ》は鵲《かささぎ》の尾《を》のごときもののはねいでたる都髷《みやこまげ》といふに結びて、歯を染めしが、ものいふ時、上下《うへした》の歯ぐき白く見ゆる。

　としは四十に余れり。われをばにらみしことあらざれど、遊びに行けばあまりうれしき顔せず。かつて夜《よ》に入《い》りて、姉上と部屋にて人形並べて遊びしに、油こそ惜《を》しけれ、しかることは日中《ひなか》にするものぞと叫《さけ》びぬ。

　われを憎《にく》むとは覚えず、内に行くことをこそ好まざれ、おもてにて遊ぶときは、をりをりものくれたり。されどかの継母の与《あた》へしものに、わが好ましきはあらざりき。

　節句の粽《ちまき》もらひしが、五把《ごは》のうちに篠《ささ》ばかりなるが二ツありき。杏《あんず》、青梅《あをうめ》、李《すもも》など、幼き時は欲《ほ》しきものよ。広岡《ひろをか》の庭には実のなる樹《き》どもあまたありし、中にもなんとかいふ一種李の実の、またなくうまかりしを今も忘れず。継母の目のなきひまに、姉上のひそかに取りて、両手にうづたかく盛りてわが袂《たもと》に入れたまひしが、袖《そで》の振《ふ》りあきたれば、喜び勇みて走り帰る道すがら大方

鵲
カラスよりやや小さく肩羽《かたばね》・腹が白くてあとは黒い鳥。尾が長い。

歯を染めし
お歯黒のこと。既婚《きこん》女性がした。

節句の粽
端午《たんご》の節句に食べる餅《もち》。団子を細長くし、熊笹《くまざさ》で巻《ま》いて蒸《む》す。

またなく
二つとない、この上ない。

は振り落として、食べむと思ふに二ツ三《み》ツよりぞ多からざりける。

継母はわづかに柿《かき》の実二ツくれたり。その一つは渋《しぶ》かりき。他の一つを味ははむとせしに、真紅《しんく》の色の黒ずみたる、台《うてな》なきは、虫のつけるなり。熟せしものにはあらず、毒なればとて、亡《な》き母棄《す》てさせたまひぬ。

いつなりけむ、母上の給《たま》ひたる梨《なし》の、しんばかりになりしを地に棄てしを見て、かしこの継母眉《まゆ》をひそめ、その重宝なるもの投ぐることかは、すりおろして汁《しる》をこそ飲むべけれと、まめだちてわれに言へりしことあり。

さる継母に養はるる姉上の身の思はるるに、いひ知らず悲しくなりて、かくはわれ小銀《こぎん》のものがたりに泣きしなる。そのいはれを語るべきわが舌はあまりをさなかりき。

「まあ、かうなんですよ。お嬢様《ぢやうさま》、ちよいとご覧なさいまし、子供ですねえ。」女房《にようばう》は笑《ゑ》みつつ言ふ。そのままにもいでかねてや、姉上は内に入《い》りたまひ、

「まことに失礼いたしました。わたしもそそつかしい、考へたつてわかりますのにねえ。小母《をば》さん、悪く思《おぼ》し召《め》さないでくださいまし、ほんとにどうしようわたしは。」と、ひたすらに詫《わ》びたまひぬ。

台　萼《がく》のこと。花の外側にある花葉。ここは柿のへた。
眉をひそめ　人のいまわしい行為《こうい》に顔をしかめること。
重宝　大切な宝。
まめだちて　本気で。まじめに。

こなたはただをかしがりて、

「いいえ、しかしなんですわ。うつかりした話はいたされませんね。わたしもびつくりしました、だつて泣きやうがひどいのですもの。いやな人ねえ。貢《みつぎ》さん、わたしやこりこりしたよ。もうもうこんなことは聞かせません。」と半ばはうらみ顔なるぞ詮方《せんかた》なき。

「でも賢《かしこ》いのね。貢さん、よくおわかりだつた。」

と優《やさ》しく頭《かしら》なでつつ、姉上の愛《め》でたまふに、やや面《おもて》を起こせり。

「お嬢様《ぢやうさま》。」とものありげにおもてより下婢《かひ》の声かけたれば、かの君はいそがはしく辞し去りたまひぬ。あと追うていでむとせしを、女房《にようばう》の遮《さへぎ》りて、笑ひながら、

「あらそのまんまでにげちやずるいよ。もうひとつ手鞠唄《てまりうた》をお聞かせでなくツちやあ……。」

再び唄《うた》ひたり。いなみて唄はざらむには、うつくしき金魚もあはれまた継《まま》母《はは》の手に掛《か》かりやせむ。

ものありげに　特別な事情がありそうに。

いなみて　ことわって。

仙冠者《せんくわんじや》

一

わがゐたる町は、一筋細長く東より西に爪先上《つまさき》がりの小路《こうぢ》なり。両側に見よげなる仕舞家《しもたや》のみぞ並びける。市中《いちなか》の中央のきはめてよき土地なりしかど、この町は一端《いつたん》のみ大通りに連なりて、一方の口は行きどまりとなりたれば、往来少なかりき。

朝《あした》より夕べに至るまで、腕車《くるま》、地車《ぢぐるま》など一輛《いちりやう》もよぎるはあらず。美しき妾《おもひもの》、富みたる寡婦《やもめ》、おとなしき女《め》の童《わらは》など、夢おだやかに日を送りぬ。日は春日山《かすがやま》のいただきよりのぼりて粟《あは》ケ崎《さき》の沖《おき》に入《い》る。海は西の方《かた》にみちのり一里半隔《へだ》たりたり。山は近く、二階なる東の窓に、かの木戸の際《きは》なる青《あを》楓《かへで》の繁《しげ》りたるにおほはれて、峰《みね》の松のみ見えたり。欄《らん》に倚《よ》りて伸《の》び上がれば

仕舞家
商店でない、普《ふ》通《つう》の家。昔商売していた家。

地車
重い荷物をひく車。

妾
愛されて別宅などに住む女性。

寡婦
未亡人。

春日山
金沢《かなざわ》郊外《こうがい》の卯辰《うたつ》山《やま》につづく山。

粟ケ崎
金沢北西の海に近い所にある地名。

一里半
六キロメートル。

半腹《はんぷく》なる尼《あま》の庵《いはり》も見ゆ。卯辰山《うたつやま》、霞《かすみ》が峰《みね》、日暮らしの丘《をか》、一帯波のごとく連なりたり。空蒼《あを》く晴れて地の上に雨のなごりある時は、路《みち》なる砂利《じやり》うつくしく、いろいろの礫《こいし》あまた洗ひいださるるが中に、金色《こんじき》なる、また銀色《ぎんしよく》なる、緑なる、樺色《かばいろ》なる、鳶色《とびいろ》なる、きしやごおびただし。轍《わだち》の跡《あと》といふものなければ、馬も通らず、をさなきものは懸念《けねん》なくついゐてこれを拾ひたり。

あそびなかまの暮れごとに集《つど》ひしは、筋むかひなる県社乙剣《おとつるぎ》の宮の境内《けいだい》なる御影石《みかげいし》の鳥居のなかなり。いと広くて地《つち》をきれいに掃《は》いたり。榊《さかき》五六本、秋は木犀《もくせい》の薫《かを》りみてり。百日紅《さるすべり》あり、花桐《はなぎり》あり、また常磐木《ときはぎ》あり。梅、桜、花咲《さ》くはここならで、御手洗《みたらし》と後ろ合はせなるかの君の庭なりき。

この境内とその庭とを、広岡《ひろをか》の継母《ままはは》は一重《ひとへ》の木槿垣《むくげがき》をもて隔《へだ》てたり。朝霧《あさぎり》淡《あは》くひとつひとつに露《つゆ》もちて、薄紫《うすむらさき》に蘂《しべ》青く、まつしろの、蘂赤く、あはれに咲き重なる木槿の花をば、継母は粥《かゆ》にまぜて食するなり。こはながいきする薬ぞとよ。

梨《なし》のしんを絞《しぼ》りし汁《つゆ》も、木槿の花を煮《に》こみし粥も、汝《な》が口ならばうまかるべし。姉上にはいかならむ。その姉上と、大方はわれここに来て、この垣を

卯辰山
金沢の浅野《あさの》川右岸にある山。

日暮らしの丘
卯辰山の一角。

きしやご
小型の巻貝《まきがい》。おはじきなどに使った。

ついゐて
かしこまって座《すわ》って。

県社
旧社格の一つ。県から捧《ささ》げものが献上《けんじょう》された。

乙剣の宮
金沢市尾張《おわり》町の久保市乙剣宮《くぼいちおとつるぎぐう》のこと。

常磐木

へだてて見《まみ》えぬ。表より行かむは、継母のよき顔せざればなり。
時は日ごとに定まらねど、垣根《かきね》にたたずめば姉上の直ちに見えたまふ。垂れこめて居たまふその居間とは、樹樹《きぎ》のこずゑありて遮《さへぎ》れど、それと心づきてや必ず庭に来たまふは、虫の知らするなるべし。あるときは先立ちて園生《そのふ》をそぞろあるきしたまふことあり。さるをりには、われ家をいづる時、心の急がざることあらざりき。
行きてさしのぞけば、しをれて樹《こ》の間《ま》に立ちて、首《かうべ》をさげ、肩《かた》を垂れ、襟《えり》深くおとがひをうづめて力なげにたたずみたまふ。病気にやと胸まづとどろくに、やがて目をあげてこなたを見たまふ時、につことしてほほゑみたまへば、病にはあらじと見ゆ。かかることしばしばあり。
ひとり居たまふときはいつもしかなりけむ。われには笑顔《ゑがほ》見せたまはざること絶えてなかりしが、わがために慰《なぐさ》めらるるや、さらばつとめて慰めむとて行く。もどかしき垣を中なる逢瀬《あふせ》のそれさへもままならで、ともすれば意地悪き人の妨《さまた》ぐる。
国麿《くにまろ》といふ、もとのわが藩《はん》の有司《いうし》の児《こ》の、われより三《み》ツばかりとしたけた

松・杉《すぎ》などの常緑樹。

御手洗
神社の参詣者《さんけい》が手や口を清める所。

垂れこめて居たまふ
部屋や家の中に引きこもっていらっしゃる。

園生
花などを植えた庭。

逢瀬
男女が人目を忍《しの》んで会うこと。

有司
役人、官吏《かんり》。

るが、鳥居の突《つ》きあたりなる黒の冠木門《かぶきもん》のいと厳《いかめ》しきなかにぞ住まひける。

二

肩幅《かたはば》広く、胸張りて、頰《ほほ》に肥肉《しし》つき、顔丸く、色の黒き少年なりき。ちからもあり、としも長《た》けたり、門閥《もんばつ》も貴《たつと》ければ、近隣《きんりん》の少年らみな国麿《くにまろ》に従ひぬ。

　厚紙もて烏帽子《ゑぼし》を作りてかうむり、はたきを腰《こし》にさしたるもの、はちまきをしたるもの、十手《じつて》を携《たづさ》へたるもの、物干し棹《ざを》をになへるものなど、五三人《にん》左右に引き着けて、かれは常に宮の階《きざはし》の正面に身構へつ、稲葉太郎荒象園《いなばたらうくわうざうゑん》の鬼門《おにかど》なりと名のりたり。さて常にわが広岡《ひろをか》の姉上に逢《あ》はむとて行くを、などさは女々《めめ》しき振舞《ふるま》ひする。ともに遊べ、なかまにならば、仙冠者牛若三郎《せんくわんじやうしわかさぶらう》といふ美少年の豪傑《がうけつ》になさむと言ひき。仙冠者は稲葉なにがしの弟にて、魔《ま》術《じゆつ》をよくし、空中を飛行《ひぎやう》せしとや。仙冠者をわれ嫌《きら》ふにあらねど、誰《たれ》か甘《あま》んじて国麿の弟たらむ。

言ふこときかざるをいたく憎《にく》み、きびしくその手下に命じて、われと遊ぶ

冠木門　門柱の上部に横木をわたした門。

門閥　家柄《いえがら》。

烏帽子　奈良《なら》時代以後の貴族のかぶりもの。黒色の鳥に似せている。

十手　江戸《えど》時代、罪人を捕《と》らえる役人が持っていた鉤《かぎ》のついた鉄の棒。

稲葉太郎荒象園の

ことなからしめたり。さらぬも近隣の少年は、わが袖《そで》長き衣《きぬ》を着て、よき帯したるをうとんじて、宵々《よひよひ》には組を造りて町中を横行しつつ、わが門《かど》に集《つど》ひては、軒《のき》に懸《か》けたる提灯《ちやうちん》に礫《つぶて》を投じて口々にののしりぬ。母上の名、仮名もてその神灯《しんとう》に記されたり。亡《な》き人に礫打たしては、仏を辱《はづかし》めむとて、当時わが家《いへ》をば預かりたまへる、伯母《をば》の君ほかのに取りかへたまひぬ。

かかりし少年の腕力《わんりよく》あり門閥ある頭領を得たるなれば、なにとて我威《がゐ》を振《ふ》るはざるべき。姉上に逢はむとて木槿垣《むくげがき》に行く途《みち》、まづ一人物干し棹をもて一文字《いちもんじ》に遮《さへぎ》りとどむ。十手持ちたるが引き添《そ》ひて眼《まなこ》を配り、はちまきしたるが肩をあげて睨《ね》めつくる。その中にやさしき顔のかの烏帽子かぶれる児《こ》のはたきをば、国麿の引き取りて、うしろの方《かた》にゐて、片手を尻《しり》下がりに結びたる帯にはさみて、鷹揚《おうやう》にさしづするなり。

わびたりとてきくべきにあらず、しをしをと引き返す本意《ほい》なき日数《ひかず》こそ積もりたれ。忘れぬはわがために、この時うれしかりし楓《かへで》にこそ。

その枝のさき近ぢかと窓の前にさしいでたれば、広岡のかの君は二階にのぼりて、こなたのてすりにつかまりたるわが顔を見てほほゑみたまひつつ、

鬼門　読本『俊傑神稲《しゅんけつしんとう》水滸伝《すいこでん》』（岳亭《がくてい》丘山《きゅうさん》他作）の主人公。

仙冠者牛若三郎　『俊傑神稲水滸伝』の主人公稲葉太郎の義兄弟。

甘んじて　おとなしく受け入れて。

我威　自分の勢力、権力。

鷹揚に　鷹《たか》が空を飛ぶように、ゆったりと、偉《えら》そうに。

腕《かひな》さしのべて、葉さきをつまみ、しなひたる枝を引き寄せて、折鶴《をりづる》、木菟《みみづく》、雛《ひいな》の形に切りたるなど、色ある紙あまた引き結《ゆ》ひてはソト放したまふ。小枝は葉ずれしてさらさらとこなたにしなひてきつ。風少しあるときことに美しきは、金紙《きんし》、銀紙を細かく刻みて、蝶《てふ》の形にしたるなりき。

雨の日はいかにしけむ、今われ覚えてをらず。麗《うらら》かなる空をば一群れの鳩《はと》輪《わ》をつくりて舞《ま》ふが、姉上とわれとむかひあへるになれて、恐《おそ》れげなく、こなたの軒《のき》、かなたの屋根にさつと下ろしては翼《つばさ》を休めて、ひさしにもゐたり。物干し場の棹《さを》にもゐたり。棟《むね》にもゐたり。みな表町なる大通りの富有の家に飼はれしなりき。夕越《ゆふご》えくれば一斉《いつせい》にねぐらに帰る。やや人足繁《ひとあししげ》く、おもてをゆきかふが皆《みな》あふぎて見つ。楓《かへで》にはいろいろのもの結ばれたり。

そのまま置きて一夜《ひとよ》を過ごすに、あくる日はまた姉上の新たに結びたまはでは、昨日《きのふ》なるは大方失《う》せて見えずなりぬ。

手届きて人の奪《うば》ふべくもあらねば、町のはづれなる酒屋のくらと観世物《みせもの》小屋の間に住めりと人々の言ひあへる、恐ろしき野衾《のぶすま》の来てさらへてゆくと、われはをさなき心に思ひき。

しなひたる枝　たわんだ枝。

野衾　むささびの異名だが、ここではコウモリをさす。江戸時代、金沢の浅野川小橋《こばし》付近の屋敷《やしき》に野ぶすま（コウモリ）が出没《しゅつぼつ》したという。

野《の》衾《ぶすま》

一

その翼《つばさ》広げたる大きさは鳶《とび》にたぐふべし。野衾といふは蝙蝠《かうもり》の百歳《ももとせ》を経たるなり。とし六十に余れる隣《となり》の扇折《あふぎを》りの翁《おぢ》がわかき時は、夜ごとにその姿見たりし由《よし》、近き年は一年《ひととせ》に三たび、三月にひとたびなど、たまたまならでは人の眼《め》に触《ふ》れずといふ。一尾《いちび》ならず、二ツ三ツばかりあり。なみの小さきものとは違《ちが》ひて、夏の宵《よひ》、夕月夜、灯《ひ》ともす時、黄昏《たそがれ》にはいできたらず。初夜すぎてのちともすればその翼もて人の面《おもて》をおほふことあり。柔《やは》らかに冷たき風呂敷《ふろしき》のごときもの口に蓋《ふた》するよと見れば、胸の血を吸はるるとか。幻《まぼろし》のごとく軒にひらめきて、宮なる鳥居をかすめ、そのまま隠《かく》れ去る。かの酒屋のくらと、観世物小屋の間まで、わが家《いへ》より半町ばかり隔《へだ》たりし。真ん中に

扇折り　扇を作る人。

初夜　夕方から夜半まで。午後六時から八時ころまで。

古井戸《ふるゐど》一ツありて、雑草の生《お》ひ茂《しげ》りたるもと空き地なりしに、その小屋できたるは、もの心覚えしのちなり。

　興行あるごとに打ちはやす鳴り物の音頼《たの》もしく、野衾《のぶすま》の恐《おそ》れも薄《うす》らぐに、行きて見れば、木戸のにぎはひさへあるを、内はいかにおもしろからむ。母上いませしをりは、わが見たしといふを許したまはず、野衾のゐて恐ろしきところなるに、いかでこのかはゆきもの近寄らしむべきとてとどめたまひぬ。亡《な》き人となりたまひてのちは、わが寂《さび》しがるを慰《なぐさ》めむとや、伯母上《をばうへ》は快く日ごとにいだしたまふ。場内の光景は見なれて明らかに覚えたり。

　土間、引船《ひきふね》、桟敷《さじき》などいふべきを、鶉《うづら》、出鶉《でうづら》、坪《つぼ》、追込《おひこみ》などとなへたり。舞台《ぶたい》も、花道も芝居《しばゐ》のごとくにできたり。人数《にんず》一千は入るるを得たらむ。

　木戸には桜の造り花をひさしにさして、枝々に、赤きと、白きと、数あまた小提灯《こぢやうちん》に、「て。」「り。」「は。」と一つひとつ染め抜《ぬ》きたるを、おびただしくつるして懸《か》け、夕暮れには皆灯《みなひ》ともすなりけり。その下あたり、札をかかげて、一人一人役者の名を筆太にこそ記したれ。小親《こちか》といふあり、重子《しげこ》といふあり、小松《こまつ》といふあり、秋子《あきこ》といふあり、細字《さいじ》もてしのぶといふあり。小《こ》

興行
　演劇などを催《もよお》し、人に見せること。
土間
　舞台正面の枡形《ますがた》に切った座席。
引船
　劇場二階正面に張り出した桟敷の観客席。
鶉
　歌舞伎《かぶき》劇場の一階桟敷の観客席。
坪
　ます席の一つ。
追込
　定数以上に客を入れる席。
「て。」「り。」「は。」
　照葉狂言。舞踊《ぶよう》、三味《しゃみ》線を取り入

光《みつ》、小稲《こいな》と書きつらねて、別に傍《かたは》らに小六《ころく》と書いたり。

二

印半纏《しるしばんてん》きたるわかものの、軒《のき》に梯子《はしご》さして昇《のぼ》りながら、一つづつ提灯に灯ともすが、右の方《かた》より始めたれば、小親といふ名、ぱつと墨色《すみいろ》濃《こ》く、あざやかに最初の火に照らされつ。蠟燭《らふそく》の煮《に》え込《こ》まざれば、その他はみなおぼろげなりき。

ありたけの提灯あかくなりたるのちに、一昨日《をととひ》も、その前《さき》の日も、昨日《きのふ》も来つ。この夕べは時やや早かりければ、しばしわれ木戸の前に歩くともなくたたずみつつ、幾度《いくたび》か小親の名を仰《あふ》ぎ見たり。名を見るさへ他のものとは違《ちが》ひて、そぞろに興ある感起こりぬ。かねてその牛若《うしわか》に扮《ふん》せし姿、いたくわが心にかなひたるなり。

見物はいまだ来《きた》り集《つど》はず。木戸番の灯《ともしび》大通りより吹《ふ》きつくる風に揺《ゆ》れて、肌《はだ》寒う覚ゆるをりしも、三台ばかり俥《くるま》をならべて、東よりさつと乗り着けしが、一斉《いつせい》に轅《ながえ》をおろしつ、と見る時、女一人おり立ちたり。続いて一人《いちにん》片足

れ、女性を登用した今様《いまやう》能狂言のこと。

そぞろに　むやみに、わけもなく。

牛若　牛若丸。源 義《みなもとのよし》経《つね》の幼名。牛若丸の出る能楽に「橋弁慶《はしべんけい》」他がある。

を下ろせるを、後なる俥《くるま》よりいでたる女、つと来て肩《かた》を貸すに手を掛《か》けてひらりと下りたり。先なるは紫《むらさき》の包みを持ちて手にささげつ。左右に二人《ににん》引き添《そ》ひたる、真ん中に丈《たけ》たかきは、あれ誰《たれ》やらむ、と見やりしわれを、左なる女木戸を入《い》りざま、ふと目を注ぎて、

「おや、お師匠様《ししやうさま》。」

また一人《いちにん》、

「あの、このお子ですよ。」と低声《こごゑ》に言ひたり。聞き棄《す》てながら一歩を移せし舞《ま》ひの師匠は振《ふ》り返りつ。さやかなる眼《め》にキトわれを見しが、互《たが》ひに肩を擦《す》り合はせて小走りに入《い》るよとせしに、つかつかと引き返して、冷たき衣《きぬ》の袖《そで》もてわが頸《うなじ》を抱くや否《いな》や、アと叫《さけ》ぶ頬《ほほ》をしたたかに吸ひぬ。

ややありてわれ眼をみはりたり。三人ははや木戸を入りて見えざりき。あまり不意なれば、茫然《ばうぜん》として立つたるに、ふと思ひいでしは野衾《のぶすま》のことなりき。にはかに恐《おそ》ろしくなりて踵《くびす》を返す。通りの角に、われを見て笑ひながらたたずみたるは、そのころわが家《いへ》に抱《かか》へられたる染《そめ》といふ女なり。

走り行きて胸にすがりぬ。

踵を返す　引き返す。
抱へられたる　芸者などが一定の年季を定めて抱えられていること。

「恐《こは》かつたよ、染ちやん恐かつたよ。」

「さう、恐かつたの、貢《みつぎ》さんはあれが恐いのかい。」

「見てゐたの。」

「ああ見てゐたとも、わたしがおまじなひをしてあげたからなんともなかつたんですわ。危ないことね。」

「恐かつたよ。染ちやん、顔をね、包んでしまつたから呼吸《いき》が出なかつたの。さうして酷《ひど》いの、あのほつぺたを吸つたんだ。チユツてさういつたよ、痛いよ、染ちやん。」

染は眉《まゆ》をひそめて仔細《しさい》らしく、

「どれ、ちよいとお見せ。」

と言ひつつ、「て」「り」「は」の提灯《ちやうちん》のあかりに向けて透《す》かし見るより、

「おや、おや、おや、大変。まあ。」とけたたましく言ふに、わが胸とどろきたり。おどおどすれば真顔になりて、

「乱暴だ、酷いことをするわ、野衾が吸つたんだね、貢さん、血が出てるわ。

……おや。」

驚《おど》きて、

「あら、泣くんぢやアありません。なんともないよ、すぐ治るから往来でなんのこツたね、あら、泣かないでさ。」

と小腰《こごし》をかがめて、湯に行きし帰りなれば、手拭《てぬぐひ》のぬれたるにて、その血のあとといふものぬぐひたり。

「さあ、治りました。もうなんともないよ。」

とすかす、血の出たるが、かう早く癒《い》ゆべしとは、われ信ぜず。

「嫌《いや》だ、嫌だ、痛いや、治りやしないや。」

「困るね。」

いふをりしもまたここに来かかりしは、むかひなるかの女房《にようばう》なりき。われはまたかなたにすがりぬ。

「小母《をば》さん、恐《こは》かつたよ。あのね、野衾《のぶすま》が血を吸つたの。恐かつたよ。」

「え、どうしたつていふの、大変だ、あの野衾がね。」

傍《かたは》らより、

「姉《ねえ》さんほんとうですよ、あのね。」

と言ひつつ、ひたと身を寄せ、染《そめ》は耳たぶにささやきて、

「ね、ほんとうでせう……ですからさ。」とまた笑へり。

女房はほほゑみながら、

「いけないよ。貢《みつぎ》さんは何でもほんとにするからだまされるんだよ。このにぎやかなのに、なんだつてまた野衾なんかが出るものかね。嘘《うそ》だよ、きれいな野衾だから結構さ。」

「あら姉さん。」

「およしよ。そんなことといつておどすのは虫の毒さ、わたしも懲《こ》りたことがあるんだからね、だましツこなし。貢さん、なに血なもんかね、ご覧よ。」

中指のさきを口に含《ふく》みて、やがて見せたる、血の色つきたり。

「紅《べに》さ。野衾でもなんでもいいやね。貢さんをかはいがるんだもの、恐くはないから行つてごらん、せつかく、気晴らしに行くものを、ねえ。こいつが、」

「あれ。」

「あばよ。」とばかり別れたる、囃子《はやし》の音おもしろきに、恐《おそ》ろしき念もうせて、

虫の毒
虫が起こるに同じ。子供の様子、体の調子がおかしくなること。

忙《せは》しくまた木戸に行きぬ。

能《のう》は始まりたり。早くと思ふに、木戸番の男、鼻低う唇《くちびる》厚きが、わが顔を見てニタニタと笑ひゐたれば、なにをか思ふと、その心はかりかねてためらひぬ。

三

「坊《ばつ》ちやん、お入《はひ》んなさい、始まりましたよ。」

わがためらひたるを見て、木戸番は声をかけぬ。日ごとに行きたれば顔を見しれるなりき。

「どうなすつたんだ。さあ、お入んなさい、え、どうしたんだね。もう始まりましたぜ。なんでさ、木戸銭なんかいりやしません。お入んなさい、ただでようごす。木戸銭はいりませんから、菓子《くわし》でも買つておあがんなさい。」

大あぐらかきたるが笑ひながら言ひ示せり。さらぬだに、われをしりめにかけたるが気に懸《か》かりて、そのまま帰らむかと思へるなれば、堪《こら》へず腹立たしきに、伯母上《をばうへ》がたまひし銀貨入《い》りたる緑色の巾着《きんちやく》、手に持ちたるままハタ

能　能楽。今様《いまよう》能狂言のこと。

しりめにかけたる　目だけを動かして後ろを見る、さげすむさま。

銀貨　五十銭（一円の半分）銀貨のこと。

となげうちたり。銀貨入れを誰《た》が惜《を》しむ。投ぐるとひとしく駈《か》けいだしぬ。とく帰りて胸なる不平を伯母上に語らばやと、見も返らざりしうしろより、あしおと忙しく追ひ迫《せま》りて、手をとらへて引き留めしは年若き先のむすめなり。

「坊ちゃん、まあ、あなた、まあどうあそばしたんですよ。どこへいらつしやるのさ。え、何かお気に入らないことがあつたんですか。お怒《おこ》りなすつて、まあ、とんだご機嫌《きげん》が悪いのねえ。堪忍《かんにん》してちやうだいな。よう、いらつしやいよ。さあ、わたしといつしよにおいでなさいましなね。なんです、そんな顔をなさるもんぢやありません。」

「嫌《いや》だ。」

「あれ、そんなことおつしやらないでさ。あのね、あのね、小親《こちか》さんがお獅《し》子《し》を舞《ま》ひますツて、ね、いいでせう、さあ、いらつしやい。」

と手を取るに、さりとも拒《こば》み得《え》で伴《ともな》はれし。木戸にかかる時、木戸番の爺《をぢ》われを見つつ、ほくそ笑《ゑ》むやうなれば、面《おもて》を背《そむ》けて走り入りぬ。

人大方は来そろひたり。桟敷《さじき》の二ツ三ツ、土間少し空きたる、舞台《ぶたい》に近き

ほくそ笑む　うまくいったと秘《ひそ》かに笑うこと。

桟敷《さじき》の一間《ひとま》に、むすめはわれを導きぬ。

「坊《ばつ》ちゃん、ぢやあね、ここでご覧なさいまし。」

意外なるもてなしかな、かかりしことわれはあらず。いつもはただ人の前、うしろ、傍《わき》などにて、妨《さまた》げとならざるかぎり、ところ定めずみたりしなるを。大いなる桟敷の真ん中にあたりをみまはして、小さき体ひとつまづ突《つ》つ立てり。

とばかりありて、仮花道に乱れ敷《し》き、支へかけたる、見物の男女《なんによ》が袖肱《そでひぢ》の込《こ》み合うたる中をば、飛び、飛び、小走りに女《め》の童《わらは》一人、しのぶと言ふなり。緋鹿子《ひがのこ》を合はせて両面着けて、黒き天鵞絨《びろうど》の縁《へり》取りたる綿厚き座蒲団《ざぶとん》の、胸に当てて膝《ひざ》をおほふまでなるを、両袖《りやうそで》に抱《かか》へて来つ。

見返るむすめに顔を見合はせて、

「あのね、姉《ねえ》さんが。」と小声に含《ふく》めて渡《わた》す。

受け取りてむすめは桟敷に直しぬ。

「さあ、お敷きあそばせよ。」

われはまた蒲団に乗りて、すわりもやらで立つたりき。むすめは手もて足

仮花道
舞台《ぶたい》右手から客席の奥《おく》へ通じた花道。本花道に平行している。

緋鹿子
深紅《しんく》の色で染めた鹿の子絞《しぼ》り。鹿の子は白い星を隆起《りゅうき》させたもの。

天鵞絨
ベルベットのこと。絹や毛などで織って毛を立てた柔《やわ》らかい織物。

を押《お》さへて顔を見て打ち笑《ゑ》みたり。

「さあ、おゆつくり。」

われは据《す》ゑられぬ。

「しのぶさん、お火鉢《ひばち》。」

「あい。」といひしがみまはして、土間より立つたる半纏着《はんてんぎ》のわかものをさしまねき、

「ちよいと、火鉢をね。」

「おい。」とこちら向く。その土間なる客の中に、国麿《くにまろ》の交じりしをわれ見たり。顔を見合はせ、そ知らぬ顔して、仙冠者《せんくわんじや》は舞台《ぶたい》の方《かた》に眼《まなこ》を転じぬ。牛若《うしわか》に扮《ふん》したるは小親《こちか》にこそ。

四

髪《かみ》のいと黒くてつややかなるを、元結《もツとひ》かけて背に長く結びて懸《か》けつ。大口の腰《こし》に垂れて、舞《ま》ふ時なびいて見ゆる、またなき風情《ふぜい》なり。狩衣《かりぎぬ》の袖《そで》もゆらめいたり。長範《ちやうはん》をば討《う》つて棄《す》て、血刀《ちがたな》さげてほと呼吸《いき》つくさまする、額には

仙冠者　貢のこと。

狩衣　貴族や武士の平服。

長範　平安時代末の盗《とう》賊熊坂《ぞくくまさか》長範。

振《ふ》り分けたる後《おく》れ毛のさき少し懸《か》かれり。眉《まゆ》凜々《りり》しく眼《め》のあざやかなる、水の流るるごときを、まじろぎもせで、正面に向かひたる、あつぱれ快き見得《みえ》なるかな。

囃子《はやし》の音やみ寂然《ひつそ》となりぬ。粛然《しゆくぜん》として身を返して、三の松を過ぎると見えし、くるりとまいたる揚《あ》げ幕《まく》に吸はるるごとく舞《ま》ひ込《こ》みたり。

「お茶はよろし、お菓子《くわし》はよしかな、お茶はよろし。」

と幕間《まくあい》を売り歩く、売り子の数の多き中に、物語の銀六《ぎんろく》とてたはけたるおやぢ交じりたり。茶の運びもし、火鉢《ひばち》も持て来、下足の手伝ひもすることあり。をりをり、小幾《こいく》、しのぶ、小稲《こいな》が演ずる、狂言《きやうげん》の中に立ち交じりて、ともすればきつとなりて居直りて足を構へ、手拍子《てびやうし》打ち、扇《あふぎ》を揚《あ》げて、演劇《しばゐ》の物語のまねするがいと巧《たく》みなれば、皆《みな》をかしがりて、さはあだなして囃《はや》せるなり。

まねの上手なるもことわりよ、銀六はもと俳優《やくしや》なりき。

かつて大槻内蔵之助《おほつきくらのすけ》の演劇ありし時、かれ浅尾《あさを》を勤めつ。三年《みとせ》あまり前《さき》なりけむ、そのころ母上ゐたまひたれば、われ伴《ともな》はれて見に行きぬ。

蛇責《へびぜ》めこそ恐《おそ》ろしかりけれ。大釜《おほがま》ひとつまづ舞台《ぶたい》に据《す》ゑたり。うしろに六

見得　一瞬《いつしゆん》静止して目立つポーズをすること。

三の松　橋がかりに植える三番目の松。

揚げ幕　橋がかりの出入口の垂れ幕。

たはけたる　おどけている。

大槻内蔵之助　加賀騒動《かがそうどう》の張本人。

浅尾　加賀騒動物で藩《はん》主暗殺をはかり、蛇責《へびぜ》めにあう奥《おく》女中。

角の太き柱立てて、釜に入れたる浅尾の咽喉《のんど》を鎖《くさり》もて縛《いまし》めて、真白《ましろ》なる衣《きぬ》着せたり。顔の色は蒼《あを》ざめて、乱れ髪《がみ》振りかかれるなかに輝《かがや》きたる眼《まなこ》の光のすさまじさ、みまもり得《う》べきにあらず。夥兵《くみこ》立ち懸《か》かり、押《お》つ取り巻く、上手《かみて》に床几《しやうぎ》を据ゑて侍《さむらひ》控《ひか》へゐて、何やらむいひののしりしが、薪《たきぎ》をば投げ入れぬ。

どろどろと鳴り物聞こえて、あたり暗くなりし、青白きものあり、ひとすぢ左の方《かた》よりひらめきのぼりて、浅尾の頬《ほほ》をかすめて頭上に鎌首《かまくび》をもたげたるは蛇《くちなは》なり。あなやと見る時、別なるがまたうなじをまとひて左なるとからみ合ひぬ。恐ろしき声をあげて浅尾のうめきしが、輪になり、棹《さを》になりて、同じほどの蛇いくすぢともなく釜《かま》の中よりうねりいでつ。細く白き手をもがきて、そのひとすぢをかいつかみ、アといひさま投げ棄《す》てつ。かはるがはる取つて投げしが、はずみて、矢のごとくそれたるひとすぢ、土間にゐたまひたる母上の、袖《そで》もてわれを抱《いだ》きてうつ向きたまひし目のさきにハタと落ちたるに、フト立ちて帰りたまひき。

この時その役勤めし後、かれはまた再び場《ぢやう》に上《のぼ》らざるよし。蛇責めの釜に入りしより心地《ここち》悪しくなりて、はじめはただ引きこもりしが、俳優いやにな

夥兵
弓組、鉄砲《てつぽう》組に属する者。

上手
観客席から見て右手の舞台。

床几
野外で使う腰《こし》かけ。

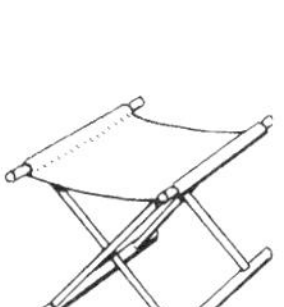

どろどろ
大太鼓《おおだいこ》を長いバチで打つこと。妖怪変化《ようかいへんげ》、幽霊《ゆうれい》の出る時に使う。

りぬとてやめたるなり。やや物狂《ものぐる》はしくなりしよしなど、伯母上《をばうへ》のうはさしたまふ。

　何地《いづち》行きけむ。久しくその名聞こえざりしが、この一座に交じりて、再び市人《いちびと》の眼《め》に留まりつ。かの時のおもかげは、露《つゆ》ばかりも残りをらで、色も蒼《あを》からず、あたまははげたり。大声に笑ひ調子高《だか》にものいひ、身軽く小屋の中を馳《は》せまはりてひとり快げなる、わが眼にもこのをぢが、かの恐《おそ》ろしきことしたりとは見えず。赤きはちまき向かうざまにしめて、裾《すそ》をからげ、片肌脱《かたはだぬ》ぎて、手にせる菓子《くわし》の箱高くささげたるがその銀六《ぎんろく》よ。

五

「人気だい、人気だい。や、すてきな人気ぢや。お菓子、おこし、小六《ころく》さん、小親《こちか》さん、小六さんの人気おこし、おこしはよしか。お菓子はよしか。」

　いまの能の品さだめやする、がうがうと鳴る客の中を、勢ひよく売りありきて、やがてわがゐたる桟敷《さじき》に来《き》りて、

「はい、これを。」

物狂はしく　気が違《ちが》ったように。

よし　事情や次第《しだい》。

おこし　もち米を蒸《む》したあと乾《かわ》かし、水飴《みずあめ》を加えて固めた菓子《かし》。

品さだめ　優劣《ゆうれつ》を批評し評価を定めること。

と大きく言ひて、紙包みにしたる菓子をわが手に渡《わた》しつ。

「楽屋から差し上げます。や、も、皆《みな》大喜び、数ならぬ私《わたくし》まで、ははは。なんてツてこれ坊《ぼっ》ちゃんのやうなお小さいのが毎晩見てくださる。当興行大当たり、めちやめちやにおもしろい。すてきにおもしろい。おもしろ狸《たぬき》のきぬた巻《まき》でも、あんころ餅《もち》でも、鹿子餅《かのこもち》でも、なんでもございぢや、はい、なんでもござい、人気おこし、お菓子はよしか。小六さん、小親さん、小六さんの人気おこし、おこしはよしか。」

と呼びかけて前の桟敷をまたぎ越《こ》ゆる。

　ここにゐて見物したるは、西洋手品の一群れなりし。顔あかく、眼《まなこ》つぶらにて、おとがひを髯《ひげ》にうづめたる男、銀六のきものの裾むずと取りて、

「なにを！」と言ひさま、三ツ紋《もん》つきたる羽織《はおり》の片袖《かたそで》まくし揚《あ》げつつ、

「なんだ、小六さん、小六さんの人気おこしたあなんだ。」

「へい。」

「へいぢやあない、小六さんたあなんだ。客の前をなんと心得てるんだ。けだものめ、乞食《こじき》芸人のくせに様《さま》づけに呼ぶやつがあるもんか。きさまあなん

おもしろ狸
　面白いのしゃれ。「面白」を「尾も白」にもじったもの。
きぬた巻
　うどん粉と砂糖を原料に薄《うす》く焼いて作った餅菓《もちが》子《し》。
三ツ紋
　背の上、両袖の背面に一つずつ付けた紋。

だい、ばかめ！」

と言ふより早く拳《こぶし》をあげて、その胸のあたりをハタとうちぬ。うしろによろけて渋面《じふめん》せしが、たちまち笑顔になりて、

「許させられい、許させられい。」

と身を返してにげ行きぬ。

この時、人声《ひとごゑ》静まりて、橋がかりを摺《す》り足して、膏薬練《かうやくね》りぞいできたれる。その顔はさきにわれを引き留めて、ここに伴《ともな》ひたるかのむすめににたるに、ふとうしろを見れば、別なるうつくしき女、いつか来てすわりたり。黒髪《くろかみ》を束《つか》ねて肩《かた》に懸《か》けたるのみ、それかと見れば、おもかげは舞台《ぶたい》なりし牛若《うしわか》の凜々《りり》しげなるにはにで、いと優《やさ》しきが、涼《すず》しき目もて、振《ふ》り向きたるわが顔をば見し。打ちほほゑみしままいまだものいはざるにソト頬《ほほ》ずりす。われは舞台に見向きぬ。

うしろ見らるる心地《ここち》もしつ。

ややありて吸ひくらべたる膏薬練りの、西なる方《かた》吸ひ寄せられて、ぶざまにこけかかりたるさまいとをかしきに、われ思はず笑ひぬ。

渋面　しかめっつら。苦々しく不機嫌《ふきげん》な顔。

膏薬練り　狂言。鎌倉《かまくら》と京都の薬屋が出会って系図を争い、薬の効き目を競《きそ》う。

「おもしろうございますか。」

と肩に手をかけてひそめき問ひぬ。

「よく来てくださいますね。ちよいと、あの、これを。」

かれは先にわが投げ棄《す》てし銀貨入れを手にしつつ、

「わたしこれ頂いときますよ。ね、ちやうだい。ようございますか。」

「ああ。」

またうなづけば軽く頂き、帯の間に挟《はさ》みしが、

「木戸のがね、お気に入りませんだつたら叱《しか》ツてもらつてあげますから、腹を立てないで毎晩、毎晩、いらつしやいましな、ね。ちやんとここを取つて、わたしこのお蒲団《ふとんし》敷いてあげますわ。さうしておまへさんの好きなことをして見せませう。何がいいの、狂言《きやうげん》がおもしろいの。」

「いいえ。」

「ぢやあ、お能のはうなの。」

「牛若がいいんだ、刀持つて立派でいいんだ。」

「さう。」と言ひかけてにこりとせしが、見物は皆《みな》舞台を向いたり。人知れず

こそ、また一ツ、ここにも野衾《のぶすま》ゐたりしよ。

狂《きやう》言《げん》

一

見物みな立ちたればわれも立ちぬ。小親《こちか》が与《あた》へし緋鹿子《ひがのこ》の蒲団《ふとん》の上に、広き桟敷《さじき》の中に、小さき体一ツまたこそこの時突《つ》つ立ちたれ。さていかにせむ。前なるも、後ろなるも、左も右も、人波打ちつつどやどやとどよみいづる、土間桟敷に五三人、ここかしこに出後《でおく》れしが、頭巾《づきん》かぶるあり、毛布《けつと》まとふあり、下駄《げた》の包みさげたるあり、仕切りの板飛び飛びに越《こ》えてゆく。木戸の方《かた》はひとかたまりになりて、数百《すひやく》の人声《ひとごゑ》おしあへり。われはただ茫然《ばうぜん》として為《せ》む術《すべ》を知らざりき。

「おい、帰らないか。」

と声を掛《か》け、仕切りの板に手をつきて、われを呼びたるは国麿《くにまろ》なり。釦《ぼたん》三ツ

毛布　当時は、肩掛《かたか》けにも用いた。けっとは、ブランケットの略。

ばかり見ゆるまで、胸を広くかき広げて、袖《そで》をも肱《ひぢ》までまくし上げたる、燃え立つごとき紅《くれなゐ》の襯衣《しやつ》着たり。尻《しり》さがりに結べる帯、その色この時は紫《むらさき》にて、

「どうした、いつしよに帰らうな。」

「後から。」と低く答へぬ。

国麿《くにまろ》は不満の色して、

「だつてみんな帰るぢやあないか。一人ぼツちでなにしに残るんだ。」

「だつて、まだ、なんだもの。」

となほためらひぬ。むすめ来て帰れと言はず、座蒲団《ざぶとん》このままにして、いかで、われ行かるべき。

国麿はものあり顔に、

「いいぢやあないか、いつしよに帰つたつていいぢやあないか。」

「だつてなんだから……どうしたんだなあ。」

ひたすら楽屋の方《かた》打ち見やる。国麿は冷ややかなる笑《ゑ》みを含《ふく》み、

「用があるんか。誰《だれ》か待つてるか、おい。」

「誰も待つてやしないんだ。」

「嘘《うそ》をつけ。いまに誰か来るんだらう。いつたつていいぢやないか。」

「誰も来るんぢやあないや。さうだけれど……困るなあ。」

「なにを困るんだ。え、どうしたんだ。」

「どうもしないさ。」

「ぢやあ困ることはないぢやあないか。な、いつしよに帰らうといふに。」

顔の色変はりたれば恐《おそ》ろしくなりぬ。ともかくも成らば成れ、ともに帰らむか。鳥居前のあたりにて、いかなることせむも計られずと思ひて逡巡《しゆんじゆん》するに、国麿ははや肩《かた》を揚《あ》げぬ。

「はやくしないかい、おい。」

「だつてなんだから。」

「なにがなんだ、をかしいぢやあないか。」

「この座蒲団が……。」

国麿はいま見つけし顔にて、

「や、すばらしい蒲団だなあ。すばらしいものだな、どうしたんだ。この蒲団はどうしたんだ。」

逡巡する　ためらうこと。

「敷《し》いてくれたの。」

「誰《だれ》が、と聞くんだ、敷いてくれたのはわかつてらい。」

「お能のね、お能の女。」

「ふむ、あんなやつの敷いたものに乗つかるやつがあるもんか。あいつら、おい、みんな乞食《こじき》だぜ。踊《をど》つてな、謡唄《うたうた》つてな、人に銭《ぜに》よウもらつてる乞食なんだ。うちのおとつさんなんかな、能も演《や》るぜ。む、謡《うたひ》も唄はあ。さうして上手なんだ。さうしてさういつてるんだ。ほんとのな、お能といふのは男がするもんだ。男の能はほんとうの能だけれど、女のは乞食だ。そんなものが敷いてよこした蒲団《ふとん》に乗るとな、汚《けが》れるぜ。からだが汚れらあ。しちりけつぱいだ、どけ！」

　踏《ふ》みこたへて、

「なにをする。」

「なんでえ、おりや士族だぜ。どけ！」

二

しちりけつぱい　七里結界のなまった表現。魔《ま》を入れないため七里四方に境界を設けること。嫌《きら》って寄せつけないこと。
士族　明治時代になって旧武士階級に与《あた》えられた身分。

国麿《くにまろ》は擬勢《ぎせい》を示して、

「きさま平民ぢやあないか、平民のくせに、なんだ。」

「平民だつていいや。」

「ふむ、豪勢《がうせい》なことを言はあ。平民も平民、きさまのうちや芸妓屋《げいしや》ぢやあないか。芸妓も乞食もおんなじだい。だから乞食の蒲団になんかすわるんだ。」

われは恥《は》づかしからざりき。娼家《しやうか》の児《こ》よと言はるるごとに、ふだんは面《おもて》を背《そむ》けたれど、かういはれしこの時のみ、われは恥づかしと思はざりき。見よ、見よ、ひとたび舞台《ぶたい》に立たむか。小親《こちか》が軽《かろ》き身の働き、躍《をど》れば地《つち》に褄《つま》を着けず、舞《ま》ひの袖《そで》のひるがへるは、宙《そら》に羽衣《はごろも》懸《か》かると見ゆ。長刀《なぎなた》かつぎてゆらりといづれば、手にたつ敵のありとも見えず。足拍子《あしびやうし》踏《ふ》んで大手を拡《ひろ》げ、さつとひいて、つと進む、疾《と》きことといなづまのごとき時あり、見物は喝采《かつさい》しき。軽きこと鵞毛《がまう》のごとき時あり、見物は喝采しき。重きこと山のごとき時あり、見物は襟《えり》を正しき。うつくしきこと神のごとき時あり、見物は恍惚《くわうこつ》たりき。かくても見てなほ乞食とののしる、さは乞食の蒲団に坐《ざ》して、なんらやましきことあらむ。われは傲然《がうぜん》として答へたり。

平民　同右、士族の下の身分。
芸妓屋　芸妓を抱《かか》えておく家。
娼家　遊女屋。
鵞毛　ガチョウの羽。
恍惚　美しいものに見とれて我を忘れること。
やましき　うしろぐらい。
傲然として　相手を見下すように、堂々と。

「いいよ乞食《こじき》、乞食だから乞食の蒲団《ふとん》にすわるんだ。」

「なんでえ。」

国麿《くにまろ》は眼《め》をつぶらにしつ。

「なんでえ、乞食だな、きさま乞食だな、む、乞食がそんな、そんな縮緬《ちりめん》の蒲団にすわるもんか。」

「いいよ、いいよ、あたい、あたいはね、こんなうつくしい蒲団にすわる乞食なの。国《くに》ちやん、お菰敷《こもし》いてるんぢやないや。うつくしい蒲団にすわる乞食だからね。」

国麿は赤くなりて、

「何よウ言つてんだい。おい貢《みつぎ》、きさまそんなこと言つていいのかな、帰りがあるぜ。」

おどされてわれはその顔を見たり。舞台《ぶたい》は暗くなりぬ。人大方は立ちいでぬ。寒き風場《ぢやう》に満ちて、釣《つ》り洋灯《ランプ》三ツ四ツ薄暗《うすぐら》き明かりさすに心細くこそなりけれ。

「帰りがあるつて。帰りがどうしたの、国ちやん。」

菰　あらく織ったむしろ。乞食の敷くもの。

国麿はあざわらへり。

「知つてるだらう。鳥居前のおれが関を知つてるだらう。」

手下四五人、稲葉太郎荒象園《いなばたらうくわうざうゑん》の鬼門《おにかど》かしこにありて威《ゐ》をほしいままにす。われは黙《もく》してうつむきぬ。国麿はじりじりと寄りて、

「みんな知つてるぜ、おい、みんな見てゐたぜ。きさまをんなとばかり仲よくして、さつきもおれを見て知らない顔してはなししてたぢやあないか。さうするがいいや、うむ、たんとさうするさ。」

「国ちやん、堪忍《かんにん》おし。」

「へ、あやまるかい。うむ、あやまるならいいや。ぢやあいいから、な、その座蒲団《ざぶとん》にちよつとおれをのツけてくれないか、そこをどいて。さあ、」

国麿はヌト立ちつつ、褄《つま》取りからげて、足を、小親《こちか》がわれに座を設けし緋《ひ》鹿子《がのこ》に乗せんとす。やむなく、少しく身をひきしが、と見れば足袋《たび》を穿《は》きもせで、そこらはだしにてあるく男の、足の裏いたく汚《よご》れて見ゆ。ここに乗せなばあとつけなむ、土足にこの優《やさ》しきもの踏《ふ》ますべきや。

「いけないよ。」

「なんだ……。」

覚悟《かくご》したれば身をかはして、案のごとく踵《かかと》をあげたる、彼《かれ》が足蹴《あしげ》をばそらしてやりたり。蒲団《ふとん》持ちながら座を立ちたれば、拳《こぶし》の楯《たて》に差しかざして。

三

「あら。」

国麿《くにまろ》の手はゆるみぬ。われはすりぬけて傍《かた》へに寄りぬ。

「いやです、いやです、あなたはいやです。」

緋鹿子《ひがのこ》の片隅《かたすみ》に手を添《そ》へて、小親《こちか》われをかばうて立ちぬ。国麿は目を怒《いか》らしたり。その帯は紫《むらさき》なり、その襯衣《しゃつ》は紅《くれなゐ》なり。緋鹿子の座蒲団は、われと小親片手づつ掛《か》けて、右左に立ち護《まも》りぬ。小親この時は楽屋着の裾《すそ》長く緋縮緬《ひぢりめん》の下着踏《ふ》みしだきて、胸高《むなだか》に水色の扱帯《しごき》まとひたり。髪《かみ》をばいま引き束《たば》ねつ。優《やさ》しき目のうち凜《りん》として、

「もし、旦那様《だんなさま》、あの、乞食《こじき》の蒲団は、いやです、わたしがあなたにや敷《し》かせないの。わたしの蒲団です。渡《わた》すことはなりません。」

楽屋着　楽屋でくつろぐ時に着る服。
扱帯　腰帯《こしおび》。一幅《いっぷく》の布を適当な長さに切った帯。
凜として　りりしいさま。

と声いとすずしくいひ放てり。

「よく敷かせないでくださいました。お前さん、どこもなんともないかい。酷《ひど》いよ、乱暴ツちやあない。よくねえ、よくかばつてくだすツたのね。楽屋でみんながせりあつて、やうやうわたしが、あのわたしのを上げたんですもの。他人《ひと》に敷かれてたまるものかね、お帰りよ、お帰りあそばせよ。あなた！」

「なんでえ、乞食のくせに、失敬な、失敬ぢやあないか。お客に向かツて帰れたあなんだい。」

「おからだの汚《けが》れになります。ねえ。」

とわが顔に頬《ほほ》をあてて、瞳《ひとみ》は流るるごとく国麿をしりめに掛《か》く。国麿は眉《まゆ》を動かし、

「ばか、年増《としま》のくせに、ふむ、赤ン坊《ばう》に惚《ほ》れやがつたい。」

「え、」

と顔をあからめしが、

「なんですねえ、存じません。なんの、ひいきになすつてくださるお客様を大事にしたつて、なにが、なにが、をかしうござんすえ。」

せりあつて　争って。

「をかしいや、そんなちツぽけなお客様があるもんか。」

「あら、わたしばツかりぢやありません。姉《ねえ》さんだツて、さういひました。そりやごひいきになすツてくださるお客も多いけれど、なんの気なしにただおもしろがつて見てくださるのはこのお児《こ》ばかり。あなたご存じないんでせう。こちらではじめてから毎晩、毎晩来てくだすつて、あのかはいらしい顔をしてわき見もしないで見てゐてくださるぢやありませんか。このおとしで、お一人で、行儀《ぎやうぎ》よくしまひまでご覧なすつて、あくび一ツあそばさない。

手品ぢやアありません、独楽《こま》まはしぢやありません。球乗《たま》りでも、猿芝居《さるしばゐ》でも、山雀《やまがら》の芸でもないの。狂言《きやうげん》なの、お能なの、謡《うたひ》をうたふの、おつかさんに連れられて、お乳をあがつていらつしやる方よりほか、こんな罪のない小児衆《こどもしう》のお客様がもウ一人ござんすか。

目につきました、目立ちました。ほかのお客様にはどうであらうと、この坊《ぼつ》ちやんだけにや飽《あ》かしたくない。退屈《たいくつ》をさしたくない、三十日なり、四十日なり、打ち通すあひだ来ていただきたい、おもしろう見せてあげたいと、さう思つたがどうしました。……

山雀の芸

シジュウカラよりやや大きい小鳥。綱渡《つなわた》りなどの芸を見せた。

ほんとうに芸人冥利《みやうり》、かういふごひいきを大事にするは当たり前でござんせんか。しのぶも、小稲《こいな》も、小幾《こいく》も、重子《しげこ》も、みんな弟子分《でしぶん》だから控《ひか》へさして、姉さんのをと思つたけれど、わたしのはうがわかいからおあひてに似合ふといふので、わたしの座蒲団《ざぶとん》をあげたんですわ。なにも年増《としま》だの、なんのつて、あなたに、そ、そんなことを言はれる覚えはない！」

といいたく気色《けしき》ばみ言ひ開きし。声高《こわだか》なりしを怪《あや》しみけむ。小稲、小幾、重子など、狂言囃子《ばやし》の女ども、楽屋口よりいできたりて、はらりと舞台《ぶたい》に立ちならべる、大方あかり消したれば、手に手に白と赤との小提灯《こぢやうちん》、「て」「り」「は」と書けるをひつさげたり。

四

舞台なりし装束《しやうぞく》を脱《ぬ》ぎ替《か》へたるあり、まだなるあり、烏帽子直垂《ゑぼしひたたれ》着けたるもの、太郎冠者《たらうくわじや》あり、大名あり、長上下《ながかみしも》を着たるもの、髪結《かみゆ》ひたるあり、垂れたるあり、十八九を頭《かしら》にて七歳《ななつ》ばかりのしのぶまで、七八人ぞ立ちならべる。

冥利
　満足感、幸福感。
気色ばみ
　顔に怒《おこ》った様子を見せて。
言い開きし
　事情を説明した。
囃子
　芸能で鼓《つつみ》などを用い伴奏《ばんそう》すること。
はらりと
　ずらりと。
直垂
　鎌倉《かまくら》時代以後の武士の礼服。
太郎冠者
　狂言で、大名や侍《さむらい》の召《め》し使いにされる者。

「どうしたの、どうしたの。」

と赤き小提灯《こぢやうちん》さしかざし、浮《う》き足してソト近寄りたる。国麿《くにまろ》の傍《わき》に、しのぶの何心なく来かかりしが、

「あれ。」

恐《おそ》ろしき顔して睨《ね》めつけながら、鼻のさきにフフと笑ひて、

「なにか言つてらい、おたふくめ。」

と言ひ棄《す》てに身を返すとて、国麿は太き声して、

「貢《みつぎ》！」

「牛若《うしわか》だねえ。」

とて小親《こちか》、両袖《りやうそで》をもてわが背《せな》おほひぬ。

「覚えてをれ、鳥居前は安宅《あたか》の関だ。」

と肩《かた》を揺《ゆ》すりてせせらわらへる、かれは少しく背かがみながら、紅《くれなゐ》の襯衣《しやつ》の袖《そで》二ツ、むらさきの帯に突《つ》きさしつつ、腰《こし》を振《ふ》りてのさりと去りぬ。

「すまなかつたね、みつぎさん、おまへさん、貢さんて言ふの？」

「ああ。」

浮き足
足のつま先をついてかかとを上げていること。

おたふく
おたふく面に似ると女性をののしっていう。

安宅の関
石川県小松にあった関。源《みなもとの》義経《よしつね》が奥州《おうしゅう》に下る時危《あや》うく難をのがれたところ。

「楽屋に少し取り込《こ》みがあつたものだから、一人にしておいてとんだめに逢《あ》はせたこと。気がついて、悪いことをしたと思つて、急いで来てみるとああだもの。よくねえ、そして、あの方はお友達?」

「友達になれツていふのよ。」

「おや、さう。しないはうがいいよ。いやな人つちやあない。それでもよく蒲団《ふとん》を敷《し》かせないでくだすツた。それはわたしやうれしいけれど、もしおまへさんきずでもつけられちや大変だのに、どうして、なぜ敷かせてやらなかつたの。」

「だツて、あんな汚《きたな》い足をつけられると、この蒲団がかはいさうだもの。きれいだね、きれいな座蒲団、かはいんだねえ。」

真ん中を絞《しぼ》りて、胸に抱《いだ》き、斜《なな》めに頰《ほほ》を押《お》し当つるを、小親見て、慌《あわ》ただしく、

「あら、そんなことをなすツちや、おまへさんの顔に。まあ、もつたいない。」

とて白き掌《たなそこ》もて拭《ぬぐ》ふまねせり。

「あのほんとに、毎晩いらつしやいよ。わたしもついあんなことをいつたん

取り込み　ごたごた。

だから、あの人につけても、おまへさんが毎晩来てくれなくツちやきまりが悪いわ。後生ですよ。その代はり、この蒲団《ふとん》は、誰《だれ》の手も触《さは》らせないでかうやつて、」

二隅《ふたすみ》を折りて襟《えり》をばかいあけ、胸のあたりいと白きにその紅《くれなゐ》をおし入れながら、

「かうやつて、お守りにしておくの。さうしちや暖《あつた》めておいて、いらつしやる時敷《し》かせますからね、きつとよ。」

「ああ。」

「ほんとうかい。」

「きつと！」

「うれしいねえ。」とにこりとして、

「ぢやあね、おそくなりましたから今夜はお帰んなさいな。おつかさんが案じだらうから。」

　母はあらず。

「おつかさんぢやあないの。伯母《をば》さんなの。」

後生ですよ
どうかお願いしますよ。

「おや、おつかさんないの。」

「亡《な》くなつたの、またいらつしやるんだツて、みんなさういふけれど、嘘《うそ》なの。もうお帰りぢやない、亡くなつてしまつたんだ。」

「まあ。」と言ひかけてまたみまもりしが、うなづくさまにて、

「ぢやあその伯母さんがお案じだらうから、わたしが送つていつてあげませう、ね。鳥居前ツて言ふのはどこ？　待ち伏《ぶ》せをしてるといけないから。」

「ぢき、そこだよ。」

五

「わけなしだね。ちよいときものを着替《きか》へてくるから待つていらつしやいよ。小稲《こいな》さん、遊ばしてあげておくれ。」

「はい。」

ばらばらと女ども五六人、二人を中に取り巻きたり。小稲といふがまづ笑ひて、

「若お師匠様《ししやうさま》、おめでたう存じます、おほほほほほ。」

小親《こちか》はそ知らぬ顔したり。重子《しげこ》といふが寄り添《そ》ひつつ、

「ちよいと、なにがおめでたいのさ。」

「おや、うつかりだねえ。知らないのかい。」

「はあ、なんですか。」

「なんですか存じませんが、小稲《こいな》さんのいひますとほり、若お師匠様《ししやうさま》、おめでたうございます。」

傍《かたは》らより小幾《こいく》がいふ。小松《こまつ》がまた引き取りて、

「わたしもお祝ひ申しますわ。」

「それではわたしも。あの、若お師匠様おめでたう存じます。」

小親は取り巻かれてうろうろしながら、

「おまへたちはなにをいふのだ。」

「なんでも、おめでたいに違《ちが》ひませんもの。」

「姉《ねえ》さん、なんなの、どうしたの。」

と差しいでて、しのぶの問ひければ、小稲は静かにうなづきて、

「おまへはねんねえだからわかるまいね、知らないわけだから言つて聞かせ

よう、あのね、若お師匠様にね、御亭主《だんなさま》ができたの。」

大勢、

「おやおやおやおや。」

小親は顔をあからめたり。

「知らないよ！」

小稲また立ちかかり、

「おかくしあそばしてもいけません。さうして若お師匠様、あなたもうお児《こ》様《さま》ができましたではございませんか。」

「へい。」

「なにを言ふのだね。」

「争はれませんものね。もうおなかが大きくおなりあそばしたよ。」

「む、これかえ。」とうつむきて、胸を見て、小親はあでやかに微笑《ゑみ》を含《ふく》みぬ。

一同目をつけ、

「ほんにね。おやおや！」

「だから、おめでたからうではないの。」

「そして旦那様《だんなさま》はどなたでございます。」

「ばかだねえ、嘘《うそ》だよ。」

「それではなんでございます、どうしてそんなにお成りあそばしたの。」

「なんでもないのさ、知らないツて言ふのに。」

「いえ、ご存じないではすみません。あなたわたしたちにお隠《かく》しあそばしては水臭《みづくさ》いぢやアありませんか。ぜひどうぞ、どなたでございますか聞かしてくださいましな。」

「若お師匠様《ししやうさま》、どうぞ私にも。」

「私にも。」

「うるさいね、いまちよいと出かけるんだから。」

「いえ、お身持ちで夜あるきをあそばすのはお毒でございます。それはお出し申されません。ねえ?」

「お身体《からだ》に障《さは》りましては大変ですとも。どうして、どうして、お出し申すことではございませんよ。」

「うるさいよ、詰《つ》まらない。」

水臭い　よそよそしい。

身持ち　妊娠《にんしん》していること。

「ぢやあお見せあそばせ、ちよいとそのお腹《なか》ンとこを、お見せあそばせ。」

「さうはゆかない、ほほほほほ。」

「くすぐりますよ！」

「さうはゆかない、あれ！」

と言ふより身震《みぶる》ひせしが、うつむけにゆらめくかんざし、真白き頸《うなじ》、手と手の間を抜《ぬ》けつ、くぐりつ、前髪《まへがみ》ばらりとこぼれたるがのけざまに倒《たふ》れかかれる、裳《もすそ》蹴返《けかへ》し踵《かかと》を空に、下着の紅《くれなゐ》宙《ちう》を飛びて、技利《わざき》きのことなれば、二間《けん》ばかり隔《へだ》たりたる舞台《ぶたい》にひらりと飛び上がりつ。すらりと立つて向き直り、胸少しかいあけて、緋鹿子《ひがのこ》の座蒲団《ざぶとん》の片端《かたはし》見せて指さしたり。

「稲《いな》ちやん、このことかい。」

「は。」と小稲《こいな》は前にいでて、

「もうお幾月《いくつき》ぐらゐ？」

「さやうさ、九ツ十……。」とばかり、小親《こちか》われを見てまたほほゑみぬ。

裳　女性の着物のすそ。
蹴返し　歩く時、着物のすその開くこと。
技利き　技がすぐれていること。
二間　約三・六メートル。

六

「さあ、こんどは坊《ぼっ》ちゃんの番だよ。」

とて、小稲《こいな》つツと差し寄りつつ、

「坊ちゃん、お相手をいたしませうね。なにをして遊びませう。」

われは黙《もく》して言はざりき。

「おや、わたしではお気に入らないさうだよ。重子《しげこ》さん、ちよいとおまへ伺《うかが》つてごらん。」

「はい。」と進み、「さあお相手。」と言ふ。

「そんな藪《やぶ》から棒な挨拶《あいさつ》がありますか！」

「おや！　おや！」と退《の》いたるあと、小松《こまつ》なるべし立ち替《か》はれり。

「わたしではいけませんか。」

「遊ばなくツてもいい。」

「まあ、そつけなくツていらつしやる。」

小稲は笑ひぬ。

藪から棒
突然《とつぜん》、だしぬけ。

「坊ちゃん、わたしにね、そつと内証でおつしやいな、小親《こちか》さんが、あの、坊ちゃんに何かいつたでせう。」

「言はない。」

「うまくおつしやるのよ、かはいい坊ちゃんだツて、さういつたでせう。」

「ああ、言つた。」

皆《みな》どつと笑ひたり。

「驚《おどろ》きましたね、そしてなんでせう。あの、ほかの女と遊ぶことはなりませんて、さう言やあしませんか。」

さることは聞かざりき。

「そんなこと、言やあしないや。」

「あら、お隠《かく》しあそばすとくすぐりますよ。」

「ほんとう、そんなこと聞きやしない。」

「それぢや堪忍《かんにん》してあげますから、今度はかくさないでおつしやいよ。あのね、坊ちゃんは毎晩いらつしやいますが、なにが第一《いつち》お気に入つたの。」

「牛若《うしわか》がいいんだ。そしてお獅子《しし》もいいんだ。」

「ぢやあ小親《こちか》さんがいいんですね。うつくしいからお気に入つたんでせう。え、坊《ぼつ》ちやん。」

「立派でいいんだ。刀さげて、立派でいいんだ。」

「うそをおつしやい。きれいだからいいんですわ。」

「いいえ。」

「だつて、それではお能の装束《しやうぞく》しないでゐる時はお気にや入りませんか。今なんざ、あんな、しだらないなりをしてゐたぢやありませんか。」

われは考へぬ。いかに答へてよからむ。言ひ損《そこ》なはば笑はるべし。

「やつぱりいいんでせう。ね、それごらんなさい、きれいだからだよ。坊ちやんは小親さんに惚《ほ》れたのね。」

皆《みな》どつと笑ふ。

「惚れやしない、惚れるもんか。」

「だつてお気に入つたんでせう。いい人だと思ふんでせう。」

「ああ。」

また声をあげて笑ひしが、

しだらない
しまりがない、だらしない。

いい人
立派で美しい人。

「ぢやあ惚れたもおんなじだわ。」

「あらあら、惚れたの、をかしいなあ。」

しのぶ手をたたきてにげながら言ふ。

どつと笑ひて、左右より立ちかかり、小稲《こいな》と重子《しげこ》と手と手を組みつつ、下よりすくひて、足をからみて、われをば宙に舁《か》いて乗せつ。手のあいたるがあとさきに、「て」「り」「は」の提灯《ちやうちん》ふりかざし、仮花道より練りいだして、

（お手々の手車に誰《だれ》さん乗せた。）

（若いお師匠《ししやう》さんの婿《むこ》さん乗せた。）

（二階桟敷《さじき》の坊ちやん乗せた。）

と口々に唄《うた》ひつれて舞台《ぶたい》を横ぎり、花道にさしかかる。ものうければ下ろせとて、上にてあせるを許さばこそ。小稲はわが顔をあをむき見て、

「坊ちやんもなんぞお唄ひなさい。さうすると下ろしてあげます。」

やむなく声あげてうたひたり。

（一夜源《いちやげん》の助《すけ》がまけたに借りた、）

（負けたかりたはいくらほど借りた。）

からみて　まきつけて。
舁いて　（二人以上で）かついで。
手車　二人が両手をさしちがえに組んで子供を乗せる遊び。
ものうければ　気がすすまないので。
一夜　ある日の夜。この歌は「鞠唄《まりうた》」の章と同じ。
まけたに　負けたために。

（金子《かね》が三両に小袖《こそで》が七ツ、）
（七ツ七ツは十四ぢやあないか。……）
しのぶは声を合はせてうたひぬ。
（下谷《したや》一番伊達者《いちばんだてしや》でござる。）
（五両で帯を買うて三両で絎《く》けて、）
（絎目《くけめ》絎目に七房《ななふさ》さげて。）
木戸の外には小親《こちか》ハヤわれを待ちて、月を仰《あふ》ぎてたたずみたり。

下谷　東京都台東区にある。
伊達者　はでな服装をする者のたとえ。

夜の辻《つじ》

一

頭巾《づきん》着て肩掛《ショオル》引きまとへる小親が立ち姿、月下に斜《なな》めなり。横向きて目迎《めむか》へたればつと寄りぬ。立ち並べば手を取りて、

「寒いこと、ここへ。」

とて、左の袖下《そでした》掻《か》い開きて、右手《めて》を添《そ》へて引き入れし、肩掛のひだしとしとと重たくわが肩《かた》に懸《か》かりたり。冷たき帯よ。その肩のあたりに熱したる頬《ほほ》をなでて、時計の鎖輝《くさりかがや》きぬ。

「向かうなの、貢《みつぎ》さんの家《うち》は。」

衣《きぬ》ずれの音立てて、手をあげてぞ指さし問ひたる。霞《かすみ》ケ峰《みね》の半腹《はんぷく》に薄《うす》き煙《けむり》めぐりたり。頂の松一本《ひともと》、濃《こ》く黒き影《かげ》あざやかに、左に傾《かたむ》きて枝垂れたり。

頂のはげたるあたり、土の色も白く見ゆ。雑木《ざふき》あるところだんだらに隈《くま》をなして、山の腰《こし》遠く瓦《かはら》屋根の上にて隠《かく》れ、二町《ふたまち》越《こ》えて、流れの音もす。

流れの音　浅野《あさの》川の水音。

　東より西のこなたに、ふたならび両側の家軒《のき》暗く、小さき月に霜凍《しもい》てて、冷たき銀《しろがね》敷《し》き詰《つ》めたらむ、踏《ふ》み心地《ごこち》堅く、細く長きこの小路《こうぢ》の中を横ぎりて、ひさしより軒にわたりたる、わが青楓《あをかへで》めさきにあり。

「あそこ、あの樹《き》のあるうち。」

「近いのね。」

と歩を移す、駒下駄《こまげた》の音まづ高く堅き音して、石に響《ひび》きて辻《つじ》に鳴りぬ。

「だいぶおそくなつたね、伯母《をば》さんがさぞお案じだらうに、悪いことをしたよ。貢《みつぎ》さん、ぢき送つてあげればよかつたのに、早いと人だかりがしてうるさいので、つい。」

「いいえ、案じてやしないよ。遊びに出てゐると伯母さんは喜ぶよ。」

「どうして？　まあ。」

　小親《こちか》は身をかがめてわが耳をのぞいて聞く。

「みんなで、よその叔父《をぢ》さんと、兄《にい》さんと、染《そめ》ちゃんと、みんなでね、お酒を飲んでさうして遊んでゐるの、にぎやかだよ。あたいばかり寂《さび》しいの、いつしよに遊びたいんだけれど、お寝《ね》、お寝つて言ふもの。」

小親はまた歩きかけつつ、

「それはね、貢さんがねむがるせゐでせう。」

「さうぢやあなくツて、あたい床《とこ》ン中に入つてからね、おつかさんがゐなくツて寂しくツて寝られないいんだ。伯母さんも、染ちやんも、よその人もみんなおもしろさうだよ。にぎやかなの。あたい一人寂しいんだ。」

「さうかい。」

「鼠《ねずみ》が出て騒《さわ》ぐよ。ぐわたぐわたツて、……恐《こは》いよ。」

「まあ。」

「恐かつたよ、それでね、あたい、もらつといたお菓子《くわし》だの、お煎餅《せん》だの、ソツと袂《たもと》ン中へしまツとくの、そしてね、紙の上へ乗せて枕《まくら》もとへ置いとくの。そして鼠にね、おまへ、あたいをいぢめるんぢやアありません。お菓子をやるからね、おとなしくして食べるんだツて、さういつたよ。」

「利口だねえ。」

「さうするとね、床《とこ》ン中で聞いて、ソツと考へてゐるとね、コトコトツてつちやたべるよ。さうしてちつとも恐《こは》くなくなつたの。毎晩やるんだ。いつでも来ちやあ食べてゆくよ。もう恐くはなくツて、かはいらしいよ。寝《ね》るとね、鼠《ねずみ》が来ないか来ないかと思つて目をふさいぢやあ待つてるの。さうすると寝てしまふの。目を覚ますとねえ、みんな食べていつてあつたよ。」

われは小親《こちか》の名呼ばむとせしがためらひぬ。なんとか言ふべき。

「ねえ。」

「あいよ。」

「ねえ、鼠はかはいいんだねえ。」

「ぢやあ貢《みつぎ》さんとこに猫《ねこ》はゐないのかい。」

「ゐるよ、三毛《みけ》猫なの。この間ね、四ツ児《こ》を産んだよ、伯母《をば》さんがかはいがるよ。」

「貢さんもかはいがつておくれかい。」

われは肩掛《シヨオル》の中に口ごもりぬ。袖面《そでおもて》をおほひたれば、搔《か》き分けて顔をばいだしつ。冷たき夜なりき。

二

小親の下駄《げた》の音ふとやみて、取り合ひたる掌《て》に力こもりしが、後ろざまにすさりたり。鳥居の影《かげ》の横たふあたり、人一人立つたるが、動きいづるを、それ、と胸とどろく。果たせるかな。いなごの飛ぶよ、と光を放ちて、小路《こうぢ》の月にひらめきたる槍《やり》の穂先霜《ほさきしも》を浴びて、柄《え》長く一文字《いちもんじ》に横たへつつ、「来い！」とばかりに呼ばはりたる、国麿《くにまろ》は、危《あや》ふきもの手にしたり。

「なんだ、それはなんだい。」

われはこなたにゐて声かけぬ。国麿は路《みち》のまんなかに突《つ》つ立ちながら、

「宝蔵院《はうざうゐん》の管槍《くだやり》よ！」

小親は前にいでむとせず、固く立ちてみまもりぬ。

「出て来い、出て来い！　出て来い！」

といと誇り顔《ほこ》にほざいたり。小親わが手を放たむとせず。

「出て来い。男なら出て来い。意気地《いくぢ》なし、女郎《めらう》の懐《ふところ》に挟《はさ》まってら。」

われは振《ふ》り放たんとす。小親は声低く力をこめて、

後ろざまに
　後ろの方に。
果たせるかな
　予想通りであることよ。
いなごの飛ぶよ
　イナゴ（昆虫《こんちゅう》）が飛ぶように。
宝蔵院
　槍術《そうじゅつ》の一流派。
管槍
　柄《え》に管を通し鍔《つば》で止めた槍。左手で管を握《にぎ》り、右手でしごく。
ほざいたり
　感情をあらわにして、くり返して言った。

「いけない、危ないから。」

「いいんだ。」

「いいぢやアありません。およし、危ないわね。あんながむしやらの向かうさき見ずは、どんなことをしようもしれない。怪我《けが》をさしちやあ、大変だから……あれさ！」

「構ふもんか、いやだ！　いやだ。」

「いやだつて、危ないもの。返りませう。あとへ返りませう。大人でないから恐《こは》いよ。」

国麿《くにまろ》は快げに、

「ざまあ見ろ、女の懐《ふところ》を出られやしまい、牛若《うしわか》もなにもあるもんか。」

「いやだ、いやだ、女といつしよにやいやだ。放して、放してい。」

「堪忍《かんにん》おし、堪忍おし、堪忍してちやうだい、わたしが悪いんだから堪忍おしよ。」

ひしと抱《いだ》きて引き留むる。国麿は背ゆるぎさして、

「勝つたぞ、ふむ、おれが勝つた。貢《みつぎ》、きさまが負けた。いいか、能のな、

背ゆるぎさして　背中を揺《ゆ》り動かして。

能の女はおれがのだぜ。」

言ひ棄《す》てて槍《やり》を繰《く》り込《こ》み、しりめにかけながら行かむとす。

「負けない、負けやしないや。」

国麿は振《ふ》り返り、

「それぢやあ来るか。」

「恐かあないや。」

「む、来るなら来い！　女郎《めらう》の懐から出てきてみろ。」

小親《こちか》あなやと叫《さけ》びしを聞き棄《ず》てに、振り放ちて、つかつかとぞ立ちいでたる。うしろの女《ひと》はいかにすらむ、前には槍をしごいたり。

「さあ、来い。」

と目のさきに穂尖《ほさき》危なし。顔を背《そむ》け、身をそらし、袖《そで》をかざして、

「牛若だ、牛若だ、牛若だ。」

「安宅《あたか》の関だい。」

「なにするもんか、突《つ》かれるもんか。」

「突くよ、突くよ。芸妓屋《げいしや》の乞食《こじき》なんか突ツついてはねとばさあ。」

繰り込み　突《つ》き出した槍を手元にひきもどして。

あなや　驚《おどろ》いた時に出す声。

穂尖　槍の尖端《せんたん》。

しかねまじきけはひなれば、気はあせれどもためらひぬ。小親《こちか》うしろに見てあらむと、われは心に恥《は》ぢたりき。

「ざまあ見ろ、きさまさつきは威張《ゐば》つたけれど、ふ、大きな口よウたたくなあ、蒲団《ふとん》にすわつてるときばかりだ。うつくしい蒲団にすわつてる乞食《こじき》やそんなものか。詰《つ》まらないもんだなあ。乞食、弱虫、うしろに立つてるなあどいつだ。やつぱり乞食か、ええ、意気地《いくぢ》がないな。」

するりと槍《やり》を取り直し、肩《かた》に立てかけ杖《つゑ》つきつつ、前にかがみて、突《つ》きいだせる胸の紅《くれなゐ》の襯衣《しやつ》はなやかに、右手《めて》に押《お》し広げてたたいたり。

「くやしくばドンと来い！」

二

すは、この時、われは目を瞑《ねむ》りて、まつしぐらにその手元につきいりしが、膝《ひざ》を敷《し》いて茫然《ばうぜん》たりき。

「あれ！」

「危ない。」

すは　そら、たいへんだ。

と国麿《くにまろ》の叫《さけ》びつつ、しばしあきれたるさましてたたずみしが、見上ぐるわれと面《おもて》を合はし、ぢつと互《たが》ひに打ちまもりぬ。

「恐《おそ》ろしいやつだなあ。」

　国麿は太い呼《い》吸《き》をほとつきて、

「きさまのはうが乱暴だい。よつぽど乱暴だ、無鉄砲極《むてつぽうきわ》まらあ、ああ。」

とまた息つきつつ、がつかりしたる顔つきして、ゆるやかにつくばひたり。

「え、おい、胸でも突かれたら、おい貢《みつぎ》、どうするつもりだ。気が短いや、うつたぜ。乱暴な。どこだ、どこだ、むむ。」

「痛かあない、痛かあない。」

「む、泣くな、泣いちやあいかんぜ。ああ、なに、袂《たもと》ツ草をつけときやあわけなしだ。」

と槍を落として、八口《やつくち》より袂の底を探《さぐ》らむとす。暖かき袖口《そでくち》もて頰《ほほ》のかすりきず押さへたりし小親声を掛《か》けて、

「いやですよ、そんな袂ツ草なんて汚《きたな》いもの、いけません。酷《ひど》いことね。もう、灸《きう》のあとさへない児《こ》に、酷いつちやあない。ご覧なさい、こんなになつ

つくばひたり
うずくまった。

袂ツ草
たもと（袖の下の袋《ふくろ》になった部分）にたまるごみ。血止めに使った。

八口
和服の袖のつけ口のわきの下の縫《ぬ》ってない部分。

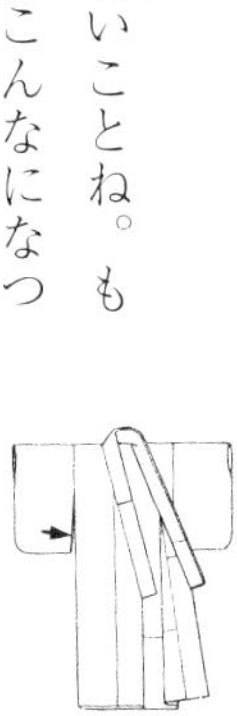

たぢやありませんか。あら、あら、血が出て、どうしよう。」

国麿《くにまろ》は仰《あふ》ぎ見て、

「きずは深いかな。酷《ひど》いかな。」

その太き眉《まゆ》をしかめたり。小親《こちか》は月の影《かげ》に透《す》かしながら、

「そんなぢやあないんだけれど、かすつたんでせうけれど。」

「ぢやあ、なに、袂《たもと》ツ草で治ツちまあ。」

再びその袂の中探《さく》らむとす。

「いや、そんな、そんなものを、この顔にくツつけていいもんですか。」

国麿は苦笑して、

「それぢやあそちらでいいやうにするさ。ああ、驚《おどろ》いた。」

力なげに槍《やり》を拾うて立ちしが、

「貢《みつぎ》、もうおらあ邪魔《じやま》あしない。堪忍《かんにん》してやらあ、案じるな。」

と、くるりとこなたに背向《せな》けつつ、行きかけしが立ち返りて、つぶらなる目に懸念《けねん》の色あり。またむかう向きに身を返して、

「袂ツ草が血どめになるんだ。袂ツ草が血どめにならあ。」

聞かすともなくつぶやきつつ、鳥居の傍《わき》なる人の家の、雪垣《ゆきがき》に隠《かく》れしが、二の鳥居のあるあたり、広き境内《けいだい》の月の中に、その姿あらはれて、長く、長く影を引き、槍重たげにになひたる、平たき肩《かた》をすぼめながら向かうかがみに背を円くし、いと寒げなるさま見えつつ、黒き影法師《かげぼふし》小さくなりて、突《つ》きあたりはるかなる、門高き構への内に薄霧《うすぎり》こめて見えずなりぬ。われはうかうかと見送りしが、この時その人憎《にく》からざりき。

「ちよいと、痛むかい。痛むだらうね、かはいさうに。」

「なんともない。痛かあない。」

「たいしたこともないけれど、わたしやもうハツと思つた。あの児《こ》をつかまへて喧嘩《けんくわ》もならず、おまへさんがまたきかないんだもの、はらはらと思つてるうち、もう、どうしたらいいだらう。せつかく送つてきながら申し訳がないね。」

「いいよ、痛かあないもの。」

「だつてきずがつきました。かすりきずでも、あら、こんなに血が出るもの。」

雪垣　雪の害を防ぐため、家の軒《のき》の周囲をワラやムシロなどでおおったもの。

うかうかと　ぼんやりとして。

はらはらと　気をもんで、心配して。

と押《お》しぬぐひ、またおしぬぐふ。

「もういい。」

「よかアありませんよ、このまんまにして、帰しちやあ、わたしが貢《みつぎ》さんのおうちへすまないもの。」

伯母上《をばうへ》何をかのたまはむ。

四

「ぢやあかうしようね、いつしよにわたしのうちへきて今夜お泊《と》まりでないか。さうして、翌日《あす》になつたらいつしよに行つて言ひ訳をしませうよ。わたしでも、それでなきや誰《だれ》か若い衆《しゆ》でもつけてあげてね、そして伯母さんにお詫《わ》びをしたらいいでせう。」

「いいよ、そんなにしなくツても、一人で帰るよ。」

「だつて……困ること。」

「なんともないぢやあないか。」

さきになりて駈《か》けいだせば、後より忙《せは》しく追ひすがりて、

「そんなら、まあいいとして門《かど》まで送りませう。だがねえ、よかつたらさうおしな。お嫌《いや》！」

「嫌ぢやあないけれど、だつて、あの、待つてるから。」

「さう、伯母さんがさぞ、どんなにかね。」

「いいえ、伯母さんぢやあない、姉《ねえ》さんなの。」

「おや、貢さん、姉さんがいらつしやるのかい。」

「うちにぢやあないの。むかひのね、広岡《ひろをか》の姉さんなの。」

「広岡ツて？」

「継母《ままはは》のうちなの。継母がゐてね、姉さんがかはいさうだよ、」

かう言ひたる時、われは思はず小親《こちか》の顔見られにき。

「あのウ、」

「なに。」

「なんてさういはうなあ、なんて言ふの。あの、お能の姉さん？」

「嫌ですね、お能の姉さんツて、をかしいね、嫌だよ。」

「ぢやあなんていふの。え、どういふの。」

頭巾《づきん》のうちに笑《ゑ》みをこめて、

「わたしはね、……親《ちか》。」

「親ちやん！」

「あい。おほほ。」

「親ちやん、継母《ままはは》ぢやあないの。え、継母はゐないのかい。」

きづかはしければぞ問ひたる。小親《こちか》はこともなげに、

「わたしにはなんにもないよ。ただね、親方があるの。」

「さう、ぢやあいいや、継母だといけないよ。酷《ひど》いよ。広岡《ひろをか》の姉《ねえ》さんは泣いてゐる……。」

先よりさまで心にも止めざるやうなりし小親は、この時身にしみて聞きたるさまなり。

「それは気の毒だね。みんなさうだよ、継母は情けないもんだとね。貢《みつぎ》さんなんざ、まだまあ、伯母《をば》さんだから結構だよ。なんでも言ふことをきいてかはいがられるやうになさいよ。おお、さういやあほんとうにおそくなつてしかられやしないかね。」

情けない
思いやりがない。

「もう来たんだ。ちよいと。」

手を放すより、二三間《げん》駈《か》けだして、われはまづ青楓《あをかへで》の扇《あふぎ》の地紙《ぢがみ》開きたるやう、月をおほひて広がりたる枝の下にたたずみつ。仰《あふ》げば白きものほの見ゆる、さきの日雨ふりし前なりけむ、姉上の結びたまひし折鶴《をりづる》のなごりなり。

打ち見るさへいと懐《なつ》かしく、退《すさ》りて二階なる窓の戸に向かひて、

「姉さん、ただいま帰りました。」

と高く呼びぬ。毎夜狂言《きやうげん》見に行きたる帰りには、ここに来てかくはいふなりけり。案じてそれまでは寝《い》ねたまはず。

しばし音なければ、かなたに立てる小親の方《かた》をみ返りたり。

頭巾深々とかぶれるが、駒下駄《こまげた》のさきもて、地《つち》の上たたいて、せはしく低き音刻みながら、手をあげて打ち招く。来よ、もの言はむとするさまなり。

心に懸《か》かりて行かむとする時、静かに雨戸の戸一枚ソトその半ばを引きたまひつ。

楓の上に明かりさして、小灯《こともし》の影《かげ》ここまでは届かず月の光に消えたり。と見る時、立ち姿あらはしたまひしが、寝《ね》みだれてゐたまひき。

二三間　約三・二～五・四メートル。
扇の地紙　扇に張る紙。
小灯　足もとや手もとを照らす明かり。

横顔のいと白きに、髪《かみ》のかかりたるが、冷たき風に揺《ゆ》らぐ、欄干《らんかん》に胸少しのりかけたまひぬ。

「お帰りですか。」

「ただいま。」

「遅《おそ》かつたから姉《ねえ》さんは先へ寝《ね》てゐたがね。」

言ひかけてあたりを見まはしたまひし。小親《こちか》の姿ちらりと動きて、ものの蔭《かげ》にぞなりたる。ふツと灯《あかり》を吹《ふ》き消したまひ、

「お待ちなさいよ。」

五

小親わが方《かた》に歩み寄りしが、また戻《もど》りぬ。内より樞《くるる》外す音して、門《かど》の戸の開《あ》いたるは、跫音《あしおと》もせざりしが、姉上のはや二階を下りて来たまひたるなり。

「……寒いこと。」

羽織の両袖《りやうそで》打ち合はせて、静かに敷居《しきゐ》を越《こ》えたまひぬ。

「おそかつたのね。」

樞　戸の桟《さん》から敷居にさしこみ、戸を開かないようにする木。

「あのね、おもしろかつたんだよ。」と言ひたるが、小さき胸のうち安からず。目には小親の姿見ゆ。

「それは、ようございましたけれど、風邪《かぜ》をひくといけません。あんまりおそくならないうちに、今度からお帰りなさいよ。」

「はい。」

姉上はなほ気遣《きづか》はしげに、

「そして、まだうちへはお入りでないのでせうね。」

「まだ。」

しばらく考へたまひしが、

「それではね、わたしがここに見てゐますからね、貢《みつぎ》さん、そつと行つて、あの、格子《かうし》まで行つて、見てきてごらん。」

深き思ひに沈《しづ》みつつのたまふやう見えたれば、いぶかしさに堪《た》へざりし。

「どうしたの、あたいのうちはどうしたの。」

「いえどうもしませんけれど、少しなんですから、まあ、そつと行つて見ていらつしやい。」

いぶかしさ　疑わしいこと。

果ては怖気立《こはげだ》ちて、

「嫌《いや》だ、恐《こは》いもの。」

「ちつとも恐いことはない。わたしがここに見てゐますよ。」

われは立ち放れて抜《ぬ》き足しつつ、小路《こうぢ》の中を横ぎりたり。見返れば姉上の立ちたまふ。また見れば、小親居処《こちかゐどころ》を替《か》へしがなほ立てり。

ひそかにわが家《いへ》の門《かど》の戸に立ち寄りぬ。何事もあらず、内はいと静かなり。かかる時ぞ。いつもわがひとり寝《ね》の臥床《ふしど》寂《さび》しく、愛らしき、小さき獣《けもの》にうまきもの与《あた》へて、寝ながらその食らふを待つに、一室《ひとま》の内より、「丹《あを》よ、」「すがはらよ。」など伯母上《をばうへ》、よその客など声々にいふが襖漏《ふすまも》れて聞こゆる時なり。今宵《こよひ》もまたしかならむ、と戸に耳をつけて聞くに、ただ寂然《ひつそ》としたれば、よし、また抜き足して二足三足《ふたあしみあし》ぞ退《の》きたる。

ど、ど、どツといふ響《ひび》き、奥《おく》の方騒《かたさわ》がしく、あれと言ふ声、叫《さけ》ぶ声、魂消《たまぎ》る声のたちまち起こりて、にはかにフツとやみたるが、一文字に門口《かどぐち》より鞠《まり》のごとく躍《をど》りいで、白きもの空《くう》を駈《か》けて、むかひなる屋根に上《のぼ》るとて、すさまじき音させしは、家に飼ひたる猫《ねこ》なりき。

怖気立ちて
恐《おそ》ろしい気持ちになって。

丹よ
青短のこと。花札の青色の短冊《たんざく》を描《えが》いた札。

すがはらよ
花札。表菅原と裏菅原がある。

魂消る
非常に驚《おどろ》く。

とばかりありて、身を横さまに、格子戸《かうしど》にハタとあたりて、うめきつつ、片足踏《ふ》みいでてあせれる染《そめ》をば、追ひきし者ありて引つとらへ、恐《おそ》ろしき声にてしかりたるが、引きずりて内に入《い》りぬ。とつさの間《かん》に、われ警官の姿を見たり。慌《あわ》てて引つ返す、小路のなかばに、小親走り来て手を取りつ。手を取られしままに、姉上の立ちたまへる広岡《ひろをか》の戸口に行きぬ。

三人かくは立ちならびしが、いまだものいはむとする心もいでず。あきれて茫然《ばうぜん》とそなたを見たる、楓《かへで》の枝ゆらゆらと動きて、大男の姿あり。やがてはたと地に落ちて、土蜘蛛《つちぐも》のすくむごとく、円くなりてうづくまりしが、またたく間《ひま》に立つよとせし、矢のごとく駈けいだして、曲がり角にて見えずなりぬ。

頭巾《づきん》をば掻《か》い取りたる、小親の目のふち紅《あか》かりき。

「あなた。」

声かくるに、心づきたまひけむ。はじめて顔を見合はせたまひしが、姉上は、いとものの静かに、

「はい。」

あせれる　手足をばたばたさせる。もがく。

土蜘蛛　ジグモのこと。

とばかり答へたまふ、この時格子《かうし》の戸さと開《あ》きぬ。すかし見る框《かまち》の上に、片《かた》肌脱《はだぬ》ぎて立ちたるは、よりより今はわが伯母上《をばうへ》とも行き交《か》ひたる、金魚養ふ女房《にようばう》なり。かれは片肌脱ぎたるまま、縄《なは》もて後ろ手に縛《いまし》められつ。門《かど》にいでし時、いま一人《いちにん》の警官後ろよりいでて、毛布《けつと》もてその肌おほひたり。続きて染《そめ》の顔見ゆ。あとなるは伯母上なりき。

仮小屋

一

楽屋なる居室《ゐま》の小窓と、垣一重《かきひとへ》隔《へだ》てたる、広岡《ひろをか》の庭の隅《すみ》、塵塚《ちりづか》の傍《かたは》らに横たはりて、丈《たけ》三尺余り、まはりおよそ二尺はあらむ、朽《く》ち目赤く欠け欠けて、黒ずめる材木の、その本末《もとすゑ》には、小さき白き苔《こけ》、幾百《いくひやく》ともなくむらがり生ひたり。

指さして、それを、もとのわが家《いへ》なる木戸の際《きは》に、路《みち》をおほひて繁《しげ》りたりしかの青楓《あをかへで》の果てなりと、継母《ままはは》の語りし時、われは思はず涙《なみだ》ぐみぬ。

「この変はりましたことといつたら、まるで夢のやうで、わしでさへ門《かど》へ出ては、ときどきぼんやりして見ることがございますよ。ほんに貢《みつぎ》さんなんぞ、久しぶりでお帰んなすつたが、ちつとも故郷らしいところはありますまい。」

仮小屋　短期間使うため作った取り壊《こわ》しの容易な小屋。

塵塚　ごみため。

三尺……二尺　三尺は、約九九センチメートル、二尺は約六十六センチメートル。

と継母《ままはは》は庭に立ちてぞ語れる。

しかり、町の中にても、隣《となり》より高かりし、わが二階家の、今は平家《ひらや》に建て直りて、煙草《たばこ》屋の店開かれたり。扇《あふぎ》折《を》りの住みし家はむなしくなり、角《かど》より押《お》しまはせる富家《ふか》の持ち地《ぢ》となりて、黒き板塀《いたべい》建てまはされぬ。

そのあたりの家はみな新木造《あらきづく》りとなりたり。小路《こうぢ》は家を切り開きて、山の手の通りに通ずるやうなしたれば、人通りいと繁《しげ》く、車馬の往来しきりなり。

ここにゐて遊ぶこどもら、わが知りたるは絶えてあらず。風俗《ふうぞく》もまたかはりて見ゆ。わが遊びしころは、うつくしくあたまそりたるか、さらぬは切り禿《かむろ》にして皆梳《みなす》いたるに、今はことごとく皆毬栗《いがぐり》に短く剪《はさ》みたり。しらくも頭の児《こ》一人目につきぬ。

すべてうつくしき女あらずなりて、むくつけなる男ぞ多き。三尺帯前にしめて、印半纏《しるしばんてん》着たるものなんど、をさなき時には見もせざりし。

町もかうは狭《せま》からざりしが、今はただひとまたぎ二足《ふたあし》三足《みあし》ばかりにて、向かひの雨落《あまお》ちより、こなたの溝《みぞ》までわたるをうるなり。

筋向かひなりとわれは覚ゆ。かの石の鳥居まで、わが家《いへ》より赴《おもむ》くには、路《みち》

新木造り
新築のこと。

風俗
衣食住の仕方、行事などのこと。

切り禿
髪《かみ》を切り下げて結ばない子どもの髪型。

毬栗
いがぐり頭。短く丸刈《まるが》りした頭。

しらくも頭
皮膚《ひふ》病で灰白色の粉末状の層で覆われている頭。

のほどいとはるかなりと思ひしに、何事ぞ、ただ鼻の先なる。宮の境内《けいだい》もまことに広からず、引つ抱《かか》へて押《お》し動かせし百日紅《ひやくじつこう》も、肩《かた》より少し上ぞ梢《こずゑ》なる。仰《あふ》いで高し厳《いかめ》しと見し国麿《くにまろ》が門《かど》の冠木門《かぶきもん》も、足爪立《つまだ》つれば脊《せ》届くなり。

さてその国麿はと想《おも》ふ、かれはいま東京《とうきやう》に軍人にならむとて学問するとか。烏帽子《ゑぼし》かぶりて、はたきふりしかの愛らしき児《こ》は、煎餅《せんべい》をば焼きつつありとぞ。物干し棹《ざを》持てりしは、県庁に給仕勤むるよし。いま一人《いちにん》、また一人、他の一人にはわれふと通りにて出合ひたり。その時かれは道具屋の店に立ちて、皿茶碗《ちやわん》など買うたりき。

皆幸ひなるべし。

伯母上《をばうへ》はいかにしたまひけむ、もの賭《か》けて花がるたしたまひたりとて、警察に捕《と》らへられたまひし後、一年《ひととせ》わが県に洪水《こうずゐ》ありて、この町流れ、家の失《う》せし時にもなんのおとづれもなかりしとか。おもふに、身を恥《は》ぢていづくにか立ち去りたまひしならむ。かの時の、その夜《よ》より、ただちに小親《こちか》に養はれて、かく健《すこや》かに丈《たけ》のびたる、われは、狂言《きやうげん》、舞《まひ》、謡《うたひ》など教へられつ。さればこの一座のためには益《やく》なきにもあらぬ身なり。ここに洪水のありしことは、

むくつけなる男
　むさくるしい男、無骨《ぶこつ》な男。
三尺帯
　職人などのした三尺の簡単な帯。
雨落ち
　軒《のき》のあまだれの落ちる所。くぼまないように石などをおいた。
給仕
　雑用係。
洪水
　実際は、明治二十五年十一月の大火をさす。
益なきにもあらぬ
　役立たないこともない。

一昨年《をととし》なりけむ、はたそのさきのなほ前の年なりけむ、われ小親《こちか》とともに、伊予《いよ》の国なる松山《まつやま》にて興行せし時聞き及《およ》びつ。かかるべしとは思はでありし、今年またこの地にて興行せむとて、一座とともに来《きた》りたる八年前《ぜん》のふるさとの目に見ゆるもの皆《みな》かはりぬ。

二

たそがれに戸にいづる二代目のをさなき児《こ》ら、もはや野衾《のぶすま》の恐《をそ》れなかるべし。もとのかの酒屋の土蔵《くら》の隣《となり》なりし観世物《みせもの》小屋は、あともとどめずなりて、東《ひがし》警察とかいふものできたり。

一座が掛《か》かりたる仮小屋は、さきに金魚養ひし女房《にようばう》の住みたる家のあとを、その隣、西の方《かた》、二軒《けん》ばかり空き地となりしに建てられつ。小さき池は、舞《ぶ》台《たい》の真下になりたれば、あたかもよしとて、興行はじむる時、大瓶《おほがめ》ひとつ、うつむけて埋《うづ》めたり。こは鼓《つづみ》の音《ね》冴《さ》えさせむとてしたるなりき。

揚幕《あげまく》よりおしいだされて、多勢《たぜい》の見物の見る目恥《は》づかしく、しのぶ、小稲《こいな》とともに狂言《きやうげん》のなかに立ち交《ま》じりて、舞台に鞠唄《まりうた》うたひし声の、あやしく震《ふる》

伊予の国なる松山　愛媛《えひめ》県松山市。

東警察　明治二十六〜三十二年まで、金沢《かなざわ》市下新町《しもしんちょう》に設置された。

ひたるもしばしがほどぞ。

振《ふ》りのむづかしき、舞《まひ》の難《かた》き、祭礼《まつり》に異様なる扮装《いでたち》して大路《おほぢ》を練りありくそれとは同じからず。芸に忠にして、技《ぎ》に実《じつ》なる、小親が世におけるまことの品位は神ありて知りたまはむ、うつくしき蒲団《ふとん》にすわる乞食《こじき》よと、人の口さがなくいはば言へ。

なにか苦しかるべき。この姿して、この舞台に立ちて、われは故郷《ふるさと》の知人に対していささかも恥づる心なかりしなり。

されども知りたるは多からず。小路《こうぢ》を行き交《か》ふ市人《いちびと》もすべてわが知れりしよりは著《いちじる》しく足早になりぬ。活計《たつき》にせはしきにや、夜ごとに集《つど》ふ客の数も思ひくらぶればいと少なし。

物語の銀六《ぎんろく》は、大和巡《やまとめぐ》りするころ病《や》みてまかりぬ。小六《ころく》はおいたり。しのぶも髪結《かみゆ》ひたり。小稲はよきほどの女房とはなりぬ。

その間《あいだ》、年《とし》に風雨あり。朝《あした》に霜《しも》あり。夕べに雪あり。世の中とかく騒《さわ》がしかりければ、興行のみいり思ふままならで、今年この地に来りしにも、小親は大方ならず人に金借りたるなり。

口さがなく　他人のうわさを無責任にする。

活計　生活の手段。生計。

大和　奈良《なら》県。

髪結ひたり　（女性が）成長して年頃《としごろ》の髪型《かみがた》にして髪を束ねた。

楽しき境遇《きやうぐう》にはあらざれど、小親《こちか》はいつも楽しげなりき。こなたも姉と思ふ女《ひと》なり、姉とも思ふ人なり。

さりながら、ここにまた姉上と思ひまゐらせし女《ひと》こそあれ。ふる里の空のなつかしきは、峰《みね》の松の左に傾《かたむ》きて枝を垂れたる姿なり。石の鳥居なり。百日紅《ひやくじつこう》なり。砂《いさご》のなかなる金色《こんじき》のきしやごなり。軒《のき》に見なれしと思ふ蜘蛛《くも》の巣のをかしかりしさまさへ懐《なつ》かしけれど、もつとも慕《した》はしく、懐かしき心に堪《た》へざりしは、雪《ゆき》とて継母《ままはは》のむすめなる、かの広岡《ひろをか》の姉上なりき。

伯母上《をばうへ》にそのあしきことありし時、姉上は広岡の家に来よとのたまひぬ。小親は狂言《きやうげん》の楽屋に来《き》たれと言ひぬ。二人の顔を見かはして、わが心動きしはいづれなりけむ。継母の声したれば、ふと小親のあたたかき肩掛《シヨオル》の下に、小さきわが身体《からだ》ひそみにき。

寂《さび》しかりしよ、わかれの時、凍《い》てたる月に横顔白く、もの憂《う》きことにやつれたまひし、日ごろさへ、弱々しく、風にも堪へじと見えたまふが、ねまき姿の肌薄《はだうす》きに、をりから身を刺す凩《こがらし》なりし。悵然《ちやうぜん》として戸に倚《よ》りてはるか

きしやご
22ページ注参照。

悵然
なげく様子。

にこなたを見送りたまひし。あはれのおもかげ眼《め》さきを去らず、八年《やとせ》永き月日の間、誰《た》がこの思ひはさせたるぞ。

広岡の継母に、かくて垣越《かきご》しに出会ひしは、ふるさとに帰りし日の、二十日過ぎたる夕暮れなりけむ。

三

舞台《ぶたい》は隣《となり》間近なり。ここにゐても、その声の聞こえやせむかと、夜ごとに枕《まくら》をそばだてなどしつ。おもて立ちて訪《おとづ》れむは、さすがに憚《はばか》りありたれば、強《し》ひて控《ひか》へたり。よそながら姉上の姿見ばやと思ひて、木槿垣《むくげがき》のありしあと と思ふあたりを、そぞろ歩きして、立ちて、伺《うかが》ひしその暮れ方なりき。

ふとこの継母とわれは出《い》で逢《あ》ひつ。

幼顔《をさながほ》は覚えそみて忘れざりけむ、一目見るよりわれをば認めつ。呼びかけられたれば隠《かく》れも得《え》せで、進み寄りて、二ツ三ツものいふうち、青楓《あをかへで》の枯《か》れたるをはじめとして、継母はいたづらに数々のその昔をぞ数へたる。

「あんたに面と向かうては言ひにくいことぢやがの。この楓の樹《き》な、はや見

枕をそばだて
寝《ね》ている時耳を
そちらに向ける。

るたびに腹が立つ。憎《にく》いやつで、水の出た時にの、聞いてくんなされ。

あんたのうちも、わしとこも、ひとつに水びたり。根太《ねだ》のゆるんだはお互《たが》ひさまぢやが、わしがとこなど、ずゐぶんと基礎《どだい》も固し、屋根もどつしりなり、ちよいとや、そつとぢや、流れるのぢやなかつたに、その時さの、もう洪水《みづ》が引き際《ぎは》といふに、どつとそれ一瀬《ひとせ》になつてぶツつかると、あんたのうちのこの楓《かへで》の樹《き》が根こぎになつて、どんぶりこと浮《う》き出《だ》いてからに、うちの、大黒柱に突《つ》き当たつたので、それがために動き出いて、とうとう流れたといふもんぢや。ハヤ実に……まことに、なにもなにも、それをうらむのぢやありやせぬけれど、いつまでたつてもこいつの憎いは忘れられませぬ。よつて、お宮様の段にしがらんで、流れずに残つてゐたのを、細いところは焼いてしまうたが、これだけは残して置いて、腹の立つ時は見てゐます。」

それを楓の知ることか。われは聞くに堪《た》へざれば、冷ややかに去らむとせしが、この継母《ままはは》に、その女《ひと》のこと、なつかしきわが姉上のこと問はむと思ひたれば堪《こら》へてたたずむ。

「そしてなにか、今あんたは隣《となり》に勤めてゐなさるのかな。」

根太　床板《ゆかいた》を支える横木。
一瀬　一つの急な流れ。
しがらんで　からみついて。

軽《かろ》んじいやしむる色はその面《おもて》にいでたれど、われは逆らはでうなづきぬ。かの人の継母なれば、心からわれもかれに対しては威《ゐ》なきものとなれるなるべし。

「うう、なに、それでも結構ぢや。口すぎさへできれば、なあ、あんた。」

ただほほゑみて見せぬ。姉上のこと疾《と》く語らずや、と思ふのみ。

「ええ、ところで、おおそれさ、あんたの一座の中ぢやさうなの。ええ、なんとかいふ、別嬪《べつぴん》が一人ゐなさるさうぢやな。なんとか言うたよ、あんた、知つてぢやらう。」

と言ひかけて少し歩み寄りたり。その不快なる顔、垣《かき》の上にヌトいでて、あたかも梟首《けうしゆ》せられたるもののごとくに見ゆ。

「小稲《こいな》ですか。」

「小……稲、いや、違《ちが》うた。稲ぢやない、稲ぢやない、はて、なんとか言ふ。」

眉《まゆ》をしかめながら顔を斜《なな》めにす。いたく考ふるさまなれば、あへてその意を迎《むか》へむとにはあらねど、かりにもかの女《ひと》の母なれば、われはつひにわが惜《を》しき小親《こちか》の名語りたり。

威
威厳。
口すぎ
生計。
梟首
さらし首。
意を迎へむ
相手の気に入るようにしよう。

「違《ちが》ひますか、小親《こちか》。」

「うむ、それそれ、それそれその小親と言ふのぢや。小親ぢや。はははは。」

蓮葉《はすは》なる笑ひ声、小親にや聞こえむかと、思はず楽屋なる居室《ゐま》の方《かた》見られたり。

「その小親、と言ふのは、あんた、なかがいいのかな。」

継母《ままはは》は憚《はばか》るさまなく、

「なんですね、小母《をば》さん。」

四

「はツはツはツ、かはいがられておいでぢやろ。わしははやあんたが掌《てのひら》へ乗つかるやうな時のことから知つとるで、そこはえらいもの。顔を見るとちやんとわかります。かはいがられると書いてある。」

快からずニタニタ笑ひて、

「そしてその小親といふのはいくつにおなりだ。はははは、別嬪盛《べつぴんざか》りぢやと言へば、十七かな、八ぐらゐ？」

「いいえ、二十二。」

「む、二十二はちやうどいい。二十二はいい年ぢや。ちやうどそのくらゐな時がいいものぢや。なんでもその時分が盛《さか》りぢや。あんたもいい別嬪にかはいがられてうらやましいの。いんえ、隠《かく》しなさるな、書いてある、書いてある。」

「小母さん、なんですね。」

「なんでもないが少しそのはなしがあるで、なんぢやよ。おまへさんはほんとにこどもの時からかはいらしかつた。色が白くての、ぼちやぼちやとふとつて、頬《ほほ》ツぺたへかじりつきたいやうな、抱《だ》いて見たいやうな、いやもうちよつと見ると目がなくなるくらゐぢやつた。それもさうかい、あんたのおつかさんはな、なんでもこのあたりに評判のいい女で、それで優《やさ》しくつて、穏《をん》当《たう》で、人柄《ひとがら》で、まことに愛くるしい、人好きのする、わしなんか女ぢやが、とろとろとするほど惚《ほ》れてゐました。そのお腹《なか》の貢《みつぎ》さんぢや。これがまた女の中で育つたと言ふもので申し分のないお稚児様《ちごさま》にできてゐるもの。誰《だれ》でもかはいがるよ、かはいがりますともさ。はははは、うちのお雪《ゆき》なんかの、あ

目がなくなる
あるものに心を奪《うば》われて判断力を失うこと。

んな内気な、引つ込《こ》み思案な女ぢやつたけれど、もう、それは、あんたのことと言うたら、まるできちがひ。起きると貢《みつぎ》さん、寝《ね》ると貢さん、ご飯をいただくときも貢さん、なんでも貢さんで持ち切つてな、あんたがこつちにゐなくなつても、今ごろはどうしておいでなさるぢやろ。船の談《はなし》が出りや、お危ない。雨が降りや、寂《さび》しかろ。人なつツこいお児《こ》ぢやつたから、どんなに故郷へ帰りたかろ。風が吹《ふ》けば、風が吹く、お風邪《かぜ》でも召《め》すまいかと、それはそれは言ひ続け。嘘《うそ》ではない、神《かみ》信心もしてゐたやうぢやが、しかし大きくおなりで、お達者なやうに見える。まあ、なにより結構。

今では能《のう》役者と言ふものぢやな。ははは、役者役者。はて、うつくしい、能役者はまた上品で、古風でいいもんぢやよ。わしも昔なじみぢやから、これ深切で言ひますが、気をつけなされ。む、気をつけなさい、女ではしくじるよ。若い時の大毒《だいどく》は、女と酒ぢや。お酒はあがりさうにも見えぬけれど、女には、それ、かはいがられさうな顔つきぢや。

いんえ、じようだんではない、嘘ではない。よそにおもしろいことが十分あると見えて、それ、たまたまで、顔を見せても、雪《ゆき》のゆの字も言ひなさら

深切
人の身になって何かをすること。

ぬ。な、あの児も、あんたには大きに苦労をしたもんぢやが。

はや懺悔《ざんげ》だと思ひなさい。わしもあの時分は、意地が張つて、根性《こんじやう》が悪うて、こどもが、その嫌《きら》ひぢやつたでの、憎《にく》むまいものを憎みました。が、もうとしも取る。ふツつりと心を入れかへました。優《やさ》しい女《こ》での、今もそれ言ふとほり、あんまりあんたをかはいがるもんぢやから、わしはうらやましいので、つい、それやきもちを焼いて、ほんに、貢さんの半分だけなと、わしをかはいがツてくれたらなと、の、やきもちのゆゑに、はははは、あんたにもいい顔見せず、あの女《こ》にも辛《つら》かつたが、みんな貢さん、あんたのせゐぢや。ほんに、そのくらゐまでに、あんたを思うてゐるものを、なんと、貢さん、わしの顔を見ながら、お雪はどうした、姉《ねえ》さんは達者かと、一言ぐらゐは、なにより先にいつてくんなされてもよささうなものを、小親《こちか》にかはいがられるので、まるで忘れるとは、あんまりな、薄情《はくじやう》だ。芸人になればそんなものか、うらみぢやよ。」

にはかにしめやかなるものいひぶりなり。

しめやか　しみじみとした様子。

五

その時のわが顔を、継母《ままはは》はぢつと見しが、にはかに笑ひ出しぬ。

「あの真面目《まじめ》な顔が、ははは、じようだんぢや、じようだんぢや。なんの、そんな水臭《みづくさ》い人でないことは、わしがちやんと知つてゐる。むむ、知つとるとも。

杏《あんず》や、桃《もも》を欲《ほ》しがつた時分とは違《ちが》うて、あんた色気がついた。それでな、もとのやうに、小母《をば》さん、姉《ねえ》さんは、と言ひにくい。ところで、つい、言ひそそくれておしまひのであろ。なに、むかしなじみぢやあるけれど、今では女といふものがわかつたで、女と男、男と女、女と男といふことが胸にあるによつて、わしに遠慮《ゑんりよ》をして、雪《ゆき》のことをちよつと口へ出しにくい、とまあ言うたわけぢやの、違ふまい。むむ。」

面《おもて》をそむけてわれは笑ひぬ。継母は打ちうなづき、

「それ見なされ。そこはなんと言うても小母さんぢや。胸の中は、ちやんと見通しの法印様《はういんさま》。

言ひそそくれて
　言いそびれて。

見通しの法印様
　洞察力《どうさつ》があって占《うらな》いがよくあたる山伏《やまぶし》に自分をなぞらえた表現。

それでわしも落ち着いた。いや、さういふ心なら、モチつともうらみには思ひませぬ。どうして、あんたのやうな優《やさ》しい児《こ》が、いかによそに良いことができたとて、さつぱりふいと、こつちを忘れなさるとは思やせなんだが、そこは人情。またどうであろと思うたで、ちよいと気を引いてみたばかり。

悪く取られては困ります。こんな婆《ばばあ》が、こんな顔で、こんなうらみつぽいことを言うたとて、なんとも思ひはしなさるまいが、なんぢやよ、雪が逢《あ》うてもかう言ひます。いまわしの言うたやうなことを言ひますわいの。それはの、言ふわけがあるからで。

けれども、あの女《こ》は、じたい、無口で、しんみりで、控《ひか》へ目で、内気で、どうして思ふことを、さらけ出《だ》いて口でいへるやうなたちではない。よつて、それ、わしがの、その心を察して、あの女《こ》の代はりに言ひました。

雪ぢやと思うて聞きなさい。そこは、わしがちやんとあんたの胸のうちを見透《みす》かしたやうに、あの女のお腹《なか》んなかもわつたやうに知つとるで、つい、嫌味《いやみ》なことを言うたもの。

あんたさうした心なら、あの女がなに、どうしてゐようと、風が吹《ふ》くとも

気を引いて　相手の意向を探《さぐ》ること。

しんみり　物静か。陰気《いんき》な様子。

思やせぬ。……泣いてゐようと、煩《わづら》つてゐようと、物も食べられないで、骨と皮ばかりになつてゐようと、髪《かみ》の毛をむしられてゐようが、生爪《なまづめ》をはがれて焼け火箸《ひばし》で突《つ》かれてゐようが、乳《ちち》の下を蹴《け》つけられて、呼吸《いき》の絶えるやうなことが一日に二度ぐらゐづつはきつとあらうと、暗いところに日の目も見ないで、色が真蒼《まつさを》になつてゐようと、踏《ふ》みにじられてひいひいうめいてゐようと……そつちのことぢや、わしは構はぬ。ふむ、世の中にはそんなこともあるものですか、妙《めう》だね、ふふふで聞き流《なが》いて、お能の姉《ねえ》さんとおもしろさうに、お取り膳《ぜん》でなにか召《め》しあがつておいであそばすやうなこともあるまいと思はれる。な、あんた。」

　顔の色も変はりたるべし。冷たき汗《あせ》にわが背のうるほひしぞ。黙《もく》して聞かるることかは。堪《た》へかねたれば遮《さへぎ》りたり。

「姉さんはご機嫌《きげん》ですか。」

　継母《ままはは》は太き声にて、

「はい、生きてはゐます。死にはせいで、ああ、息のあるうちに、も一度貢《みつぎ》さんの顔が見たいというての。」

お取り膳　男女が二人でさし向かいで食事すること。

太き声　低くて重みのある声。

「え！」

「それが、さういふこと口へ出してはいはれぬ女《こ》ぢやで、言ひはせぬ。けれど、そこは小母《をば》さんちやんと見通し。ま、この大きくおなりのところを見たら、どんなにか喜ぶであろ。それこそ死なずにゐたかひがあると、喜びますぢやろ。ああ、ほんとうに。」

「小母さん、逢《あ》ひたい。」

「む、逢ひたい、いや、それは小母さんちやんと見通し。」

「お目にかかりたい、小母さん。」

「もつともぢや。」

「逢はしてくださいな。」

と垣《かき》に伸《の》び上がりぬ。継母は少し退《すさ》りて、あたりを見まはし、声をひそめ、

「養子がの、婿《むこ》がの、その大変な男で、あんたを逢はしたりなんかしようもんなら……それこそ。」

井《ゐ》筒《づつ》

一

「貢《みつぎ》さん、なにをそんなにおふさぎだ。この間から始終くよくよしておいでぢやないか。言つてお聞かせ、どうしたの。なにもわたしにかくすことはないわ。」

二三日来、小親《こちか》われを見てはきづかひて、かくは問うたりき。心なく言ふべきことにあらねば語らでありしが、この夜はかれとわれとのみ、傍《かたは》らに人なきをりなり。

「わたしのことぢやないよ。」

「おや他人《ひと》のことで苦労してるの、おまへさんは生意気だね。」

と打ちほほゑむ。浮《う》きたることにはあらじ、われは真顔になりぬ。

井筒　井戸の囲い。

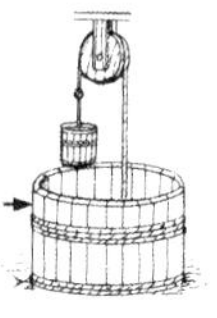

浮きたること　軽々しくうわついたこと。

「だつてなにも心配をするのは、わが身のことばかりなものではない。他人のだツて、しなきやならない心配ならしようぢやないか。おまへさんだつて、わたしのことを心配おしだから、それで聞くんぢやないか、どうしたツて？」

「はい、はい。たんと心配をしておあげなさいまし。ごもつともなことだねえ、ほほほ。」

「また、そんな、もう言ふまいよ、詰《つ》まらない。」

「ま、承《うけたまは》りませう。いいからお話しなさい。大方、また広岡《ひろをか》のお雪《ゆき》さんのこツたらう。」

「え、知つてるの。」

「紅花《べにはな》染めだね。おまへさんの心配はと言ふと、いつでもおきまりだよ。またどうかしたのかい。」

「ああ、養子が大変だと、酷《ひど》いんだとさ。あの、恐《おそ》ろしい継母《ままはは》が、姉《ねえ》さん、涙《なみだ》を流して、そつと話したくらゐだもの。たいていではないと、さうお思ひ。お雪さんがかはいさうつちやない。やうやう命があるばかりだと言ふんだもの。姉さん、真面目《まじめ》になつて聞いておくれ。いやに笑ふねえ。」

紅花染め　言いあてられて顔が赤くなること。

「ちつと妬《や》けますもの。」

「詰《つ》まらない、ぢやあ言ふまい。」

「いいえ承《うけたまは》りませう。酷《ひど》いかね、養子にやいいのはないものだといふけれど、そつちが酷くツて、こつちがいぢめられるのは珍《めづら》しいね。そして、あの継母《ままはは》がついてるぢやあないか。貢《みつぎ》さんに聞いたやうでは。養子にわがままなんかさせさうにも思はれないがね。」

　われも初めはいま小親《こちか》の疑ふごとく疑ひたるなり。

「それがね、姉《ねえ》さん、みんな金子《かね》のせゐですとさ。洪水《みづ》が出て、うちが流れた時、もとあつた財産も家《いへ》もみんななくなつてしまつてね、仕方がない時にその養子をもらつたんだツて。」

「持参金《もちこみ》かね。」

「ええ、だいぶんの高だといふよ。初めツからお雪《ゆき》さんは嫌《きら》つてゐた男だつてね。わたしも知つてるやつだよ。万吉《まんきち》てツて、通りの金持ちの息子《むすこ》なの。ねえ、姉さん、どう言ふものか万《まん》の字のついたのに利口なものはゐないよ。馬鹿万《ばかまん》といふのがあるしね、刎万《はねまん》だの、それから鼻万《はなまん》だのツて、みんな嫌《いや》な

妬けますもの　ねたましく感じますもの。

やつさ。ありや名でもつておんなじやうな申し分のあるのができるのは、土地によるんだとね。かへつて利口なのもあるんだつて。」

「また、詰まらないことを言ひ出したよ。いくつだねえ、おまへさんは。そんなことといつてゐて、人の心配もなにもできるものぢやない。」

「だつて、それに違《ちが》ひないのだ。あのお雪さんの養子になつてるのは、やつぱり万といふ名だからさ。わたしがね、小さい時、万はもう大きなからだをして、いいところの息子のくせに、万金丹《まんきんたん》売りのね、能書きを絵びらに刷つたのがもらひたいつて、かばんを持つて、お供をして、うれしがつて、威張《ゐば》つて歩いた児《こ》だものを。誰《だれ》が、そんな。

だからお雪さんも嫌つてゐたんださうだけれど、どつさりお金子《かね》を持つてくると言ふので、あの継母がね、ぜひ婿《むこ》にしよう、しなけりやあなりませんと、さういつたんだ、と。お雪さんが嫌だといつたけれど……あの、姉さんも知つてるはずだよ。……わたしのうちに楓《かへで》の樹《き》があつて、往来へ枝がさして茂《しげ》つてたのが、あすこの窓へ届いたので、うちが暗くつて、しやうがない。貢のうちへ掛《か》け合つて、伐《き》らしてしまふと言つた時分に、わたしはなにも知

申し分　言い分。言うべきことがら。
万金丹　胃腸・解毒《げどく》などに効く薬。
能書き　薬の効能を説明したもの。
絵びら　ポスター。

らないけれど、お雪《ゆき》さんが、あれだけは、そんなかはいさうなことをしないでください。後生ですつて、止めたんだ。……それがあの洪水《みづ》の時に流れ出して、大丈夫《だいぢやうぶ》だつた広岡《ひろをか》の家《うち》へぶつかつたので流れただらう、誰《だれ》のおかげだ……。」

二

「……みんなおまへのせゐぢやないか。あの時伐《き》らしてさへおけば、こんなに路頭に立つやうになるまで、家《うち》を流されるんぢやなかつたツて、難題を言つて、それで、お雪さんも仕方なしに、その養子をしたんだつて。……それが酷《ひど》いんだ。

こどものうちは間抜《まぬ》けのやうだつたけれど、すつかり人がかはつて、癇癪《かんしやく》持ちの乱暴なやつになつたと見えるんだよ。……姉《ねえ》さん、としがゆくと変はるものかしら。」

小親《こちか》は火箸《ひばし》もて炭を挟《はさ》みたる手をとめて、

「そりや、変はるね。貢《みつぎ》さんだつて考へてごらんなさい、たいそうかはつた

路頭に立つ　困窮《こんきゆう》する。

ぢやあないか。」

「わたしはなに、大きくなつたばかりだね。」

「いいえ、ちつと憎《にく》らしくもおなりだよ。」

「さうかね。」

「その口だよ、憎らしい。」

「ぢやたくさん憎んでおくれ。いいよ、どうせ憎まれツ児《こ》だ、構やあしない。」

小親はすずしき目をみはりぬ。

「いいえ、かはいがるよ。」

「そんなことといふからだ。今でもみんなでなぶつていけない。いろんなことをいふもんだから、人の前でうつかりした口も利《き》けまいぢやないか。いつしよにゐて、さうして、なにもわたしは姉さんにものをいふのに、遠慮《ゑんりよ》をすることはいらないわけだと思ふけれど、みんながなぶるから、つい、なんでも考へてしたり、考へてものをいつたりしなけりやならないよ。窮屈《きうくつ》で弱つてしまふ。みんながどうしてああだらう。」

につこりして、

なぶつて
おもしろがって
からかう。

「さやうでございますね。」

「ほんとうにお聞き、真面目《まじめ》でさ。」

「かしこまりました。」

「そら、さうだからいけないよ。姉《ねえ》さん、姉さんといふものはね、年のいかない弟に、そんなことをするもんぢやあないよ。ちやんと姉顔をして澄《す》ましてゐなくつちやあ。妙《めう》にお客あしらひで、わたしをばお大事のもののやうにして、そのくせふざけるから、みんながいろんなことといふんぢやアあるまいかね。立派に姉さんの顔をして、貢《みつぎ》、はい、といふやうにしてごらん。をかしなことはなくなるに違《ちが》ひないから。さうしてなかよくして、ね、かはいがつておくれ。わたしも心細いんだもの。」

いひかけて顔を見合はせぬ。小親《こちか》は炭をつぎて火箸《ひばし》もて、火をならしながら、ややありて後しめやかにうなづきたり。秋の末なれば月の影《かげ》冷ややかなりし。小親は後ろむきてそなたを見たる、窓少し開《あ》きたりしが、見たるまま閉めむともせで、またこなたに向きぬ。

「そして、お雪《ゆき》さんはどうしたの。」

お客あしらひ
お客あつかい。

「それがね、酷《ひど》いんだ。他人《ひと》の口から言つたのならなんだけれど、あの、継母《はは》がわが身でわが身の邪慳《じやけん》だつたことをわたしに話したんだよ。

そんなふうにして、無理におツつけて婿《むこ》を取らしたが、実はなに、路頭に立つなんて、それほどこまりもしなんだのを、慾張《よくば》りで、お金子《かね》が欲《ほ》しさに無理にもらつたが悪いことをしたツて、言ふんだ。

それがといふと、養子のやつが、飛んだ癇癪《かんしやく》持ちで、別に、ほかに浮気《うはき》なんぞするでもなしに、朝から晩まで、お雪さんをいぢめるんだつてね。今までいぢめてゐた継母さへ見るに見兼《みか》ねるといふんだから酷いではないか。ねえ、姉さん。

それに、はじめお雪さんを無理強《じ》ひにした言ひ草が、わたしのうちの楓《かへで》の樹《き》で、それをお雪さんがひどくかばつて伐《き》らさなかつたからこんなことが起こつたんだつてね、……そしてなぜ楓の樹を伐らさなかつたらう。それは一ツ貢さん、あなたが考へてみておくれツて継母が言ひましたさ。」

煙管《きせる》をば取りあげつ。小親は煙草《たばこ》の箱はじきながら、

「そして。」

邪慳
人の気持ちを思いやらないで、むごくあつかう。

煙管
きざみタバコをつめて吸う用具。

「わたし、考へた。」

三

「なんだかわかりませんツて、継母《ままはは》には言つたけれど、考へてみると、なんだかねえ、遠いところに、かすかに小さい、楓《かへで》の樹《き》のこんもり葉の繁《しげ》つたのが見えて、その緑色がぬれてゐるのに、太陽《ひ》がさして、空が蒼《あを》く晴れたところに、キラキラとうつくしいものがぶらさがつて……それにね、白い手で、高いところの枝に結《ゆ》はひつけておいでのお雪《ゆき》さんが、夢のやうに思ひ出されるんだよ。だもんだから、なんだかわたしのために、お雪さんが、そんな養子をおツつけられて、酷《ひど》いめにあはされてゐるやうにね、なんといふことなしに、わが身できめてしまつたんだもの。かはいさうでたまらないんでね、つい、ふさぐの。」

言ふほどにまた幻《まぼろし》見ゆ。空蒼く日の影《かげ》はなやかに、緑の色濃《こ》き楓の葉に、金紙《きんし》、銀紙の蝶《てふ》の形ひらひらと風にゆれて、差しのばしたまふ白く細き手の、その姉上の姿ながら、室《へや》の片隅《かたすみ》の暗きあたりあざやかにフトあるを、見返せ

日の影
日差し、日光。

ば、月の影窓より漏《も》れて、青き一条の光、畳《たたみ》の上にさしたるなり。うつとりせしが心着きぬ。こなたには灯影《ほかげ》あかく、うつくしき小親《こちか》の顔むかひあひて、額近きわが目のさきに、いたく物おもふ色なりき。

われは堪《こら》へずうつむきぬ。

「そしてまあ、その継母はまたなんだつて遠まはしに、貢《みつぎ》さんのせゐのやうにおしつけて聞かしたんだらうね。おまへさんにどうかしてくれろといふのかね。貢さん、おまへさんが心配をすればどうにかなるとでもいふやうなことを、継母が知つてて言ふやうにもとれるがねえ。いつたいどうしたといふんだらうね。」

小親は身にしみて聞きたりけむ、言ふ声も落ち着きたり。

「でね、継母がさういつたよ。貢さん、あんたは小親といふ人にかはいがられてゐるんだらうツて。」

「おまへさんは、なんと言つたの。」

「黙《だま》つてゐました。」

「さうかい。」

とばかり寂《さび》しく笑ひぬ。煙管《きせる》は火鉢《ひばち》に横たうたり。

「どうしたの、姉《ねえ》さん。」

「なに、いいよ。」

「だつてをかしいもの、ね、そりやわたしをかはいがつておくれだけれど……なんだか、をかしいなあ。」

「なにが、え？　なにがをかしいの。」と口早にいふ、血の色薄《うす》く瞼《まぶた》を染めぬ。

「なにも気をまはすことはないよ、真面目《まじめ》ぢやあ困るわね。わたしあなんとも思やしない、じようだんさ。なぜね、さういふことを聞いたら、そりやかはいがつてくれますとも、とかうお言ひぢやないツていふのさ。じようだんだよ、じようだんだけれどもねえ、そのくらゐにさばけておくれだと、それこそおまへさんの言ひ草ぢやあないが、誰《だれ》も冷やかしたり、なぶつたりなんぞしないやうになつちまふわね。え、貢《みつぎ》さん、さうぢやないか。しかしいけないかい。」

「だつてきまりが悪いもの。」

「なぜさ。」

さばけて　世の中の事情に通じて物わかりがよくなって。
きまりが悪い　その場をとりつくろえず、恥《は》ずかしい。

「なぜツて、さういふとね、他人《たにん》はなんだもの、姉弟《きやうだい》だと思はないで、をかしく聞くんだからね。」

「なんと聞こえるんだね。」

「なんだか、をかしい。」

「まあさ、なんと聞こえるんだねえ、貢さん。」

「それはね、あの……。」

「なんだね。」

「お能の姉さん。」

「いやだよ！」

四

「しかしお祭しのいいことね、継母《ままはは》もどうして洒落《しやれ》てるよ。さういつてくれたのなら、わたしやその人に礼を言はうや。貢さん、逢《あ》つたらよろしくと申しておくれ。」

「むかうでもさういつたよ。小親《こちか》によろしくツて。」

「なんのこツたね。」

「それが、なんだつて、その養子がね、たいそう姉《ねえ》さんのことを、いい女だつてね、いつてるさうだ。」

煙管《きせる》を落として、火鉢《ひばち》の縁《ふち》をおさへつつ、小親《こちか》は新しくわが顔をみまもりぬ。

「いつか見物をしたんだらうね。」

小親はこれを聞きて笑《ゑ》みを含《ふく》み、

「貢《みつぎ》さん、もうたいていわかつたよ。道理でおまへさんは妙《めう》な顔をしちやあ、こなひだツからわたしを見てゐたんだわ。ああ、そしておまへさんはどう思ひます。」

「何をさ。」

「何をつて、継母《ままはは》はおまへさんにわたしとなかがいいかツて聞いたらう。」

「そりや聞いたよ。今も話したやうに。」

「道理で。」

とまたひとりうなづきつつ、

新しく　今までと異なった様子で。

「貢さん、そしてなんだらう、おまへさんの口から、ものをわたしに頼《たの》んでくれと言やあしないかい。」

「ええ。」

「いつたらうね、ほほほ、わかつてるよ、わかつてるよ。」

とまた笑へり。

「ひとりで承知をしてるのね、姉さん。」

「うつかりぢやあないわね、いいよ、まんざら知らない方《かた》ぢやあなし、わたしも一度お目にかかつて、優《やさ》しさうないい方だと思つてるもの。お雪《ゆき》さんがそんな酷《ひど》いめに逢《あ》つてゐなさるんなら、いいよ、貢さん、おまへさんにつけて、そのくらゐなことならばしてあげようや。」

と静かにいふ、思ひのほかなればいぶかりもし、はた危《あや》ぶみもしつ。

「わかつてるの。姉さんがどうにかしておくれなら、それを言ひぐさにして、不品行《ふみもち》だからつて、その養子を出してやらう。そんなやつだけれど、ただ、疎匆《そそう》があるの、ぶあしらひをするのツて、お雪さんをいぢめるばかり。なにも良人《をつと》の権だから、それをとやかく言ふわけのものではない。ほかに落度は

不品行　異性との関係がだらしない。
疎匆　うっかりした過《あやま》ち。
ぶあしらひ　もてなしが悪いこと。

ないものを、立派な親類がたくさん控《ひか》へてゐるにつけて、こつちから手の出しやうがない。そんならつて、浮気《うはき》などするんぢやなし、生真面目《きまじめ》だから手もつけられないでゐたのに、つひぞない、姉さんを見て、まるで夢中だから、きつとその何《なん》なんだつて。そして、どうかしておくれなら、もうひとかどのものいひがつく。きつとたたき出してお雪《ゆき》さんを助けると継母《ままはは》がいふんだがね。――承知だ、よろしいツて、姉さん、どうしてわかつたんだね。どうして知つておいでなんだい。」

小親《こちか》はうつむきたる顔をあげて、

「貢《みつぎ》さん、おまへさんはなんとも思つちやあゐまいけれど、わたしはなんだよ、おまへさんのことはといふと、みんな夢に見て知ツてるよ。この間だつけ、今だからいふんだがね、まつくらなところでね、あツといふ声が聞こえるから、びつくりして見ると、なんだつたの。獣《けだもの》のね、恐《おそ》ろしいものに追つかけられて、おまへさんと、お雪さんと抱《だ》き合つて、お隣《となり》の井戸《ゐど》の中へ落つこちたのを見て、はツと思つて目が覚めたもんだから。……」

われは慄然《りつぜん》としてあたりを見たり。小親は急に座をたちしが、衣《きぬ》の裳踵《すそかかと》に

ひとかど
とり立てて言う価値があること。

ものいひがつく
抗議《こうぎ》できる。

慄然
恐《おそ》ろしさにぞっとする様子。

からみたるに、よろめきてハタと膝《ひざ》折りたる、そのまま手をのべて小窓の戸閉《と》ざしたり。月の明かり畳《たたみ》に失《う》せて、透《す》き間《ま》もりし木《こ》の葉の影《かげ》、浮《う》いてあがるやうにフト消えて見えずなりぬ。一室《ひとま》の内ともしびの隈《くま》なくはなりたれど、夜の色こもりたれば暗かりき。さやさやと音さして、小親は半纏《はんてん》の襟《えり》引き合はせ、胸少し火鉢《ひばち》の上におほふやう、両手をば上げて炭火にかざしつ。

「もつとお寄りでないか。貢さん、夜が更《ふ》けたよ。」

五

袷《あはせ》の上より、ソトわが胸をなでてみつ。

「薄着《うすぎ》のせゐかね、動悸《どうき》がしてるよ。おまへさん、そんなに思ひ詰《つ》めるものではないわ。そりやお雪さんのことを忘れないで、心配をしておあげなのは、おまへさんが薄情《はくじやう》でないからで、わたしだつてうれしいよ。ねえ、貢さん、実のある弟を持つたと思つて、人のことに心配をおしのでも、わたしは悪い気はしませんよ。けれども、そんなに思ひ詰めちやあ、ほんとうに大事な身体《からだ》をどうおしだえ。気味の悪い夢だつたから、心配でならないので、稲《いな》ち

袷　裏地のついた着物。

やんにもさういつて、しよつちう気をつけてゐたんだもの。人にかくれちや、継母《ままはは》とちよいちよいおはなしのことも知つてるんだよ。こつちから言ひ出す分《ぶん》ではなかつたから、知らない顔で見てゐたけれど、たまらないほどおふさぎだもの。いいよ、もうどうにかしてあげようや、貢《みつぎ》さん。」

吐息《といき》もつかれ、

「ぢやあ、姉《ねえ》さん、あの養子を、だましてくれるの。」

「ま、しやうがないわね。」

「だつて、酷《ひど》いやつだといふよ。」

「たかが田舎者《ゐなか》さ。」

「そして、どうして？　姉さん。」

「狸《たぬき》をご覧よ、ほほ、ほほほほ。」

「ああ、一人助かつた。」

小親《こちか》が顔の色沈《しづ》みたり。

「しかし、貢さんいいことだとは思ふまいね。」

胸痛かりし。われは答へにためらひたり。

「いいことだとは思ふまいね、貢さん。」

その心にははかりかねたる、胸はまたとどろきぬ。

「わたしや、芸人でありながら、おまへさんに逢《あ》つてから、ずゐぶん大事に身を持つたよ。よ、貢さん、人に後ろ指さされちやあ、おまへさんの肩身《かたみ》が狭《せま》いだらうと思つたし、そのうへまた点を打たれる身になるとね。」

小親引き寄せて、わが手を取りたり。

「おまへさんはなんにも知るまいけれど、どうせ、どうせ、姉の役ツきやあ勤まらないわたしだけれど、姉だツて、よ、姉だツて、人に後ろ指さされたり、ちつとでも、おまへさんとかうやつてゐることの、邪魔《じやま》になるやうな人がわたしにあつてはいやだから、そりやずゐぶんできにくい苦労もしたもの。なんにも恩にきせるんぢやあない。うらみをいふんぢやあない。不足をいふんぢやないけれど……貢さん、広岡《ひろをか》のお嬢《ぢやう》さんの顔が見られるやうになりさへすりや、わたしや、わたしや、どうなつてもいいのかい。よ、よ、わたしやどうなつても、いいのかよう。」

烈《はげ》しく手の震《ふる》ひたればか、なんのはずみなりけむ、火箸《ひばし》横に寝《ね》て、その半

はかりかねたる　おしはかることができない。

点を打たれる　非難される。

ば埋《うづ》もれしが、見る間に音もなく、ものの動くともなく、灰の中にとぼとぼと深く沈《しづ》みたり。

「あら、起こしますよ。」

「いいよ。」

わが指のさき少しく灰にまみれたれば、小親《こちか》手首を持ち添《そ》へて、掌《たなそこ》をかへしてぢつと見つ。下着の袖口《そでくち》引きいだして払《はら》ひ去るとて、はらはらと涙《なみだ》をぞ落としたる。

わが身体《からだ》の筋皆《みな》動きぬ。

「ご免《めん》なさい。」

小親は涙ぐみたるまま目をみはりぬ。

「ご免なさい。わたしが悪かつた。」

さしうつむきて声をのみたり。

「悪かつた、姉《ねえ》さん、さげすんでおくれでない。広岡《ひろをか》の姉さんもわたしにやあどんなにか優《やさ》しかつたらう。おつかさんのなくなつた時から、好きな琴弾《ことひ》かなくなつておしまひだもの。このくらゐな思ひをわたしがするのは、一度

さげすんで　軽蔑《けいべつ》して。

はあたりまへだつたと思つて、堪忍《かんにん》しておくれ。悪かつた、ほんとうにさもしいことだつた、姉さん、姉さん、姉さん。」

こたへなければ繰《く》り返しぬ。

「姉さん！」

ひたと寄り添《そ》ひ、肩《かた》を抱《いだ》きて、きつと顔を見合はせぬ。

「あれ！」

といふ声、広岡の家より聞こえつ。

さもしい　いやしい、卑劣《ひれつ》、自分だけ得すればいいというのが見えすいている。

重井筒《かさねゐづつ》

一

井戸《ゐど》一ツ地境《ちざかひ》に挟《はさ》まりて、わが仮小屋《かりごや》にてその半ばを、広岡《ひろをか》にてその半ばを使ひたりし、蓋《ふた》は二ツに折るるやう、蝶番《てふつがひ》もてこしらへたり。井戸の蓋と隔《へだ》ての戸とをこれにて兼《か》ね、一方を当てて夜ごとにはかなたとこなたを垣《かき》したる、透《す》き間《ま》少しありたる中より、はずみたる鞠《まり》のごとく、つとくぐりいでて、戸障子に打ちあたる音すさまじく、室《ま》の内に躍《をど》り込《こ》むよと見えし、くるくると舞《ま》ひて四隅《よすみ》の壁《かべ》に突《つ》き当たる、出どころなければ引つ返さむとする時、慌《あわ》ただしく立ちたるわれに、また道を妨《さまた》げられて、座中《ざなか》にうづくまりたるは汚《きたな》き猫《ねこ》なりき。

背《せ》をすくめて四足《しそく》を立て、眼《め》をいからしてうなりたる、口には哀《あは》れなる鳩《はと》

重井筒　井筒（106ページ注参照）を重ねたもの。ここでは、隣家《りんか》と双方《そうほう》で井戸を使うことを指している。

一羽くはへたり。餌《ゑさ》にとて盗《ぬす》みしな。鳩はなかば屠《ほふ》られて、羽《は》の色の純白なるがまだらに血のあとをぞ印《いん》したる。二ツ三ツ片羽《かたはね》羽《は》たたきたれど、はや弱り果てたるさまなり。

「畜生《ちくしやう》！」

と鋭《するど》く叫《さけ》び、小親片膝《こちかかたひざ》立てて身構へながら、落ちたる煙管《きせる》の羅宇《らお》長きを、力こめてふりかざせし、吸ひ残りけむ煙草《たばこ》の煙《けむり》、小さく渦《うづ》巻きて消え失《う》せたり。

「あ痛《いつ》、あ、あ、痛《いつつ》。」

うつくしき眉《まゆ》をひそめつつ、はたと得物《えもの》を取り落としぬ。

驚《おどろ》きてわが走り寄る時、にげみちあきたればくぐり抜《ぬ》けて、猫は飛びいで、遠く走る音して寂然《ひつそ》となりたり。

「どうしたんだね、姉《ねえ》さん、どうしたんだね。」

小親は玉の腕《かひな》投げいだして、右手《めて》もてさすりながら肱《ひぢ》を曲げ、手の甲《かふ》を頬《ほほ》にあてて、口もてその脈のところを強く吸ひぬ。

「りゅうまちかい、姉さん。」

と危《あや》ぶみ問ひたる、わが声は思はず震《ふる》ひぬ。

屠られて　殺されて。

羅宇　煙管の火皿と吸口をつなぐ竹管。

得物　手に持つ武器。

りゅうまち　関節や筋肉の痛む病気。

「あら、顔の色を変へて、真蒼《まつさを》だね。そんなにびつくりしたのかね、気の弱い。」

かへつてわれをはげましぬ。

「いいえ、猫《ねこ》にも驚《おどろ》いたけれど、りゆうまちぢやあないかい、え、りゆうまちぢやあないかい。」

「ちよいとだよ。なんでもないんだよ、なにをそんなに。たかがりゆうまちだもの、生命《いのち》を取られるほどのことはないから。」

「でも、わたしはもう、りゆうまちと聞いてもぞつとするよ。なにより恐《こは》いんだ。なぜツてまた小六《ころく》さんのやうに。」

「磔《はりつけ》！」

言ひたる小親《こちか》も色をかへぬ。太き溜息《ためいき》ほとつきて、

「鶴亀《つるかめ》、鶴亀。ああ、さういつたばかりでも、わたしや胸が痛いよ、貢《みつぎ》さん、ほんとに小六さんもどうおしだらうね。」

物語の銀六《ぎんろく》は、蛇責《へびぜ》めの釜《かま》に入りたる身のおぼえありたれば、ひとたびそのことを耳にするより、蒼《あを》くなりて、なにとて生命の続くべきと、老いの目

鶴亀　縁起《えんぎ》直しにいう言葉。

に涙《なみだ》うかべしなり。されど気丈《きぢやう》なる女《ひと》なれば、今なほつつがなかるべし。

小親いまだそのころは、牛若《うしわか》の役勤めてゐつ。銀六も健《すこ》やかに演劇《しばゐ》のまねして、われは哀《あは》れなる鞠唄《まりうた》うたひつつ、しのぶと踊《をど》りなどしたりしをりなり。あたかもいま小親が猫を追はむとて、煙管《きせる》かざしたるそのさまなりしよ。越前府中《ゑちぜんふちう》の舞台《ぶたい》にて、道成寺《だうじやうじ》の舞《まひ》の半ばに、小六その撞木《しゆもく》を振《ふ》り上げたるトタンに左手《ゆんで》動かずなり、右手《めて》も筋つるとて、立ちすくみになりて、楽屋に舁《か》かれて来ぬ。

しからざりし以前より、かれはこのりゆうまちの持病に悩《なや》みて、かりそめなる俥《くるま》の上下にも、小幾《こいく》、重子《しげこ》など、肩《かた》貸し、腰《こし》を抱《だ》きなどせしなり。月日に痛み重《おも》るを、苦忍《くにん》して、強《し》ひて装束《しやうぞく》着けたりしが、その時よりまた起《た》たずなりき。

楽屋にては小親の緋鹿子《ひがのこ》のそれとは違《ちが》ひ、黒き天鵞絨《びろうど》の座蒲団《ざぶとん》に、蓮葉《はすは》に片膝《かたひざ》立てながら、繻子《しゆす》の襟《えり》着いたる粗《あら》き竪縞《たてじま》の布子《ぬのこ》羽織りてきつ。帯もしめで、ふところより片手出して火鉢《ひばち》にかざし、烈々《れつれつ》たる炭火うづたかきに酒の燗《かん》して、片手に鼓《つづみ》の皮乾《かわ》かしなどしたる、今も目に見ゆる。

つつがなかるべし　異状がないだろう。無事だろう。
越前府中　福井《ふくい》県武生《たけふ》市。
道成寺の舞　和歌山県日高《ひだか》郡の道成寺に伝わる安珍《あんちん》・清姫《きよひめ》の伝説を脚色《きやくしよく》したもの。
舁かれて　かつがれて。
布子　木綿《もめん》の綿入れ。
烈々たる　勢い強く燃えている様子。

手の利《き》かねば、割り膝《ひざ》にわが小さき体引っ挟《ばさ》みて、渋面《じふめん》つくるがをかしとて、しばしば血を吸ひて、小親《こちか》来て、わびて、引き放つまでは執念《しふね》く放たざりし寛濶《くわんくわつ》なる笑ひ声の、はじめは恐《おそ》ろしかりしが、果ては懐《なつ》かしくなりて、そと後ろより小さき手に目隠《めかく》しして戯《たはむ》れたりし、日数《ひかず》もなく、小六《ころく》は重き枕《まくら》に就《つ》きつ。

湯をのむにさへ、人の手かりたりしを、情けなき一座の親方の、身の代取《しろ》りて、その半ば不随《ふずゐ》の身を売りぬ。

買ひたるは手品師にて、観世物《みせもの》の磔《はりつけ》にするなりき。身体《からだ》は利《き》かでもよし、槍《やり》にて突《つ》く時、手と足もがきて、あと苦痛の声絞《しぼ》らするまでなれば。これにぞ銀六《ぎんろく》の泣きしなる。

「ほんとにねえ、貢《みつぎ》さん。」

二

小親行きて、泣く泣く小六の枕もとにその恐ろしきこと語りし時、かれの剛愎《がうふく》なる、ただ冷ややかに笑ひしが、われわれはいかに悲しかりしぞ。

割り膝　膝の間を少し開いた座《すわ》り方。
寛濶　度量の広い様子。
身の代　人を担保《たんぽ》とした金。身売りの代金。
剛愎　自信が強く、人に従わない様子。あどけなき人

その時の小親、今のとしならましかば、断《た》ちてもなにとか計らひたらむ。あどけなき人のただ優《やさ》しくて、親方にすがりたれど、うちにゐては水一つ汲《く》まぬ者なり。手足の動かぬをなににかかせむ、歌妓《うたひめ》にも売れざるを、塵塚《ちりづか》に棄《す》つべきが、目ざましき大金《おほがね》になるぞとて、ほくそ笑《ゑ》みしたりしのみ。

そもそもなんの見どころありて、小六にさる価《あたひ》なげうちけむ、世にはいやしき業《わざ》も多けれど、誰《たれ》か十字架《はりつけ》に懸《か》からむとする。向かうづけに屋根裏高き磔柱《はりつけばしら》に縛《いまし》められて、乳《ち》の下ひらきてひとの前に、槍をもて貫《つらぬ》かるるを。これに甘《あま》んずる者ありとせむか、そのをんないかなるべき。

小六の膚《はだ》は白かりき。色の黒き婦人《もの》にては、木戸に入《い》るがまれなりとて、さる価をぞ払《はら》ひしなる。手品師は詮《せん》ずるに半ば死したる小六の身のそのうつくしくつややかなりし鳩尾《きうび》一斤《いつきん》の肉を買ひしなり。諸人《もろびと》の、諸人の眼《め》の犠牲《いけにへ》に供へむとて。

売られし小六はをさなきより、刻苦して舞《まひ》を修めし女《ひと》ぞ。かくて十年二十年、一座の座頭《ざがしら》となりて後も、舞台《ぶたい》に烈《はげ》しき働きしては、楽屋に倒《たふ》れて、そ

無邪気《むじやき》な人。思うまま言ったりしたりする人。

優しくて
情が深くて。

歌妓
女性の歌手。

ほくそ笑み
思った通りになったとにやにやすること。

いやしき
身分や地位が低い、劣《おと》っている。

向かうづけ
正面を向いて。

鳩尾
みぞおち。

一斤
六〇〇グラム。
ひときれ。

の弟子《でし》と、その妹と、その養ふ児《こ》と、取りすがり立ちおほひてきつけをのませ呼び活《い》けたる、技芸の鍛錬《たんれん》積もりたれば、これをかの江戸《えど》なる家元の達人とくらべてなにか劣《おと》るべき。

あはれ手品師と約成りて、一座と別れんとしたりし時、扇子《せんす》もて来よ、小《こ》親《ちか》。ひとさし舞《ま》うて見せむとて、とどむるを強《し》ひて、立たぬ足ゐざりいでつ。小稲《こいな》が肩《かた》貸して立たせたれば、手酌《てじゃく》して酒飲むとは人かはりて、おとなしく身繕《みづくろ》ひして、粛然《しゅくぜん》と向き直る。

小親は膝《ひざ》に手を置きぬ。

揚《あ》げ幕には、しのぶと重子《しげこ》、涙《なみだ》ながら、ついゐて待ちたり。

一息つき、きつと見て、凛《りん》として、

（幕を！）

と高く声かけぬ。開けといふなり。この声かかる時は、弟子たちみな思はずひれ伏《ふ》す。威《ゐ》なるべし。

さて声に応じて、「あ」と答へ、棒をもて緞子《どんす》の揚げ幕キリリとまいて揚げたれば、舞台《ぶたい》見ゆ。広き土間桟敷《さじき》風寂《さ》びて人のけはひもなく、橋がかりつや

きつけ
気絶した者を生き返らせ元気をつける薬や酒。

ゐざりいでつ
座《すわ》ったままで進み出た。

粛然
かしこまるさま。おごそか。

ついゐて
22ページ注参照。

緞子
地が厚く光沢《こうたく》がある織物。

うるめる声
涙《なみだ》声。

やかに、板敷《いたじき》白き光を帯びて、天井《てんじやう》の煤影《すすかげ》黒く映りたるを、小六《ころく》はぢツと見て立つたりしが、はじめてうるめる声して、

（親《ちか》ちやん、）

とばかりはたと扇子《せんす》落として見返りし、凄艶《せいえん》なる目のうちに、一滴《いつてき》の涙宿したり。皆《みな》泣き伏しぬ。迎《むか》ひの俥《くるま》来たれば乗りていでき。

かはゆき児の、なにとて小親にのみは懐《なつ》き寄る、はじめて汝《な》が頬《ほほ》に口つけしはわれなるを、かひなくかれに奪《と》らるるものかは。小親の牛若《うしわか》さこそとならば、いまに見よ、われ癒《い》えなば、牡丹《ぼたん》の作り物おほひ囲む石橋《しやくけう》の上に立ちて、丈《たけ》六尺なるぞ、得意の赤頭《あかがしら》ふつて見せむ。さらば牛若を思ひすてて、わが良き児とやならむずらむ。

と病の床《とこ》に小親とわれと引きつけては、二人の手を取り戯《たはむ》れて、小親に顔赤うさせし愉快《ゆくわい》の女《ひと》は、かくて手品師が人の眼《め》を眩惑《げんわく》せしむる、一種の魔薬《まやく》となり果てたり。

過ぎ去りしことありのままに繰《く》り返せば、いままのあたり見るに似たり。

小親と顔を見合はせぬ。

凄艶　ぞっとするほどあでやかなこと。

かひなく　ききめ、効果がなく。

牡丹の作り物　能「石橋」で獅《し》子《し》が戯《たわむ》れる牡丹を模した舞台《ぶたい》装置。

石橋　能「石橋」に出てくる唐《とう》の清涼《せいりょう》山にある石橋。

赤頭　腰《こし》の下まである長い毛を赤く染めた鬘《かつら》。能の仮髪（かつら）の一つ。

「よく覚えておいでだね。」
いかでわれ忘るべき。

三

いかで忘るべき。時々起こる小親《こちか》が同じ病のつど、大方ならずわれは胸いためぬ。

ことに今は隣家《となり》にて、あなやと一声叫《さけ》びたまひし姉上の声の、覚えあるのみならず、猫《ねこ》の不意にも驚《おどろ》かされし、血の動きのなほやまぬに、小親また腕《かひな》を痛めたれば、さこそわが顔の色も変はりつらむ。

「姉《ねえ》さん、ほんとうに気をつけておくれ、またこのうへおまへが病気にでもなつたらどうしよう。」

「案じずともいいよ、ちよいとだわ。しかし小六《ねえ》さんもどうしてゐるんだらう。始終気に懸《か》けちやあゐるけれど、まだどうにもしやうがないが、もうこの節ぢやあ、どこにゐなさるんだかそれさへ知れないくらゐだもの、ねえ、貢《みつぎ》さん。」

いひ掛《か》けつつ打ち湿《しめ》りて、

「ああなぜまあわたしたちはかうだらう。かはいさうに、いろんなことに苦労をおしだねえ。」

「しかたがないんだ。」とわれはうつむきぬ。

「どうしてまた、おまへさんをかはいがつてあげたいものは、こんなにふしあはせなんだらうね。小六《ねえ》さんだつて、あんな気の強い人だつたけれど、どんなにかおまへさんをかはいい、かはいいツて、いつも言つたらう。それがああだし。

いままたお雪《ゆき》さんだつて、さうぢやあないか。おまへさんも恋《こひ》しがつてるし、むかうでもそんなに思つてゐるものが、とんだ、お婿《むこ》さんをとつてまたさうだし……。」

小親が口ごもりて吐《つ》くいきに、引き入れらるるやう心細く、

「姉さんはなんともありやあしないだらうね。」

「え。」

「姉さんはなんともなからうね。」

「誰《だれ》？　え、お雪《ゆき》さんかえ。」

「いいえ。」

「わたし？」

　われうなづきぬ。小親《こちか》は襟《えり》にうなだれつつ、

「わたし、わたしなんざあ、どうせやつぱり磔《はりつけ》にでもなるんだらうさ。親方持ちだもの、そりやかうして動いてるうちやいいけれど、病気にでもなつたうへ、永く煩《わづら》ひでもしようもんなら、たいがいさきがわかつてるわね。」

「つまらない、そんなことが。」

と勢ひよく言ひたれど、力なき声なりしよ。

「いいえ、つもつてもご覧、小六《ねえ》さんなんざ、いままでのお礼心で、据《す》ゑておいたつていいんぢやあないか。わたしも世話になつてるし、うちのはたいていみんな小六《ねえ》さんに仕込《しこ》まれた女《ひと》だもの、座をこれまでにしたのはみんなあの女《ひと》の丹精《たんせい》ぢやあないか。寝《ね》さしておいて、謡《うたひ》を教へさしたツてひとかどの役には立つのに、お金子《かね》だといやすぐあれなんだもの。考へてみりや心細いよ。」

つまらない　とんでもない。
つもつてもご覧　考えてごらんなさい。
丹精　心をこめて打ち込《こ》むこと。

思はず涙《なみだ》さしぐみぬ。十年《ととせ》の末はよも待たじ、いまはやかれは病あり。肩《かた》寒げにしをれたる、そのさまぞみまもらるる。

「姉《ねえ》さん、わたしは、わたしはどうなるんだらうね。」

小親はハツとせし風情《ふぜい》にて、顔をあげしがまたうつむきぬ。

「堪忍《かんにん》しておくれ、もうわたしやさういはれると、申し訳のしやうがないよ。つい、手前勝手で、おまへさんをわたしがところへ引つ張つておいて、こんなに甲斐性《かひしやう》がないんだものね。あの時お雪さんのはうへ行つておいでなら、またこんなことにならなかつたかもしれないものを。ついなんだか、おまへさんをば人ンところへやりたくなかつたので、……それも分別がある人なら、そりや、わたしとおまへさんと両方で半分づつ悪いんだからいいけれど、東西もおわかりでなかつたものを、こんなにしてしまつてさ。そして心配をさせるんだから、みんなわたしが悪いんだね、本当に、もうどうしたらよからうね。」

いたく激したるやうなりき。さりとは思ひがけざりし。心も急《せ》きて、

「なんだね、なにも、そんな気で言つたんぢやあないんだのに。」

涙さしぐみぬ　涙が出そうになった。

甲斐性　ものごとを立派にやりとげる力。

東西　方向。方角。

さりとは　そうとは。

心も急きて　気持ちがあせって、気がはやって。

四

「いいえ、おまへさんはきつと腹を立つておいでだよ。堪忍《かんにん》してください、よう後生だから。毎日毎日はかないことがあるけれど、おまへさんの顔を見たり、ものをいふのさへ聞いてれば、なんにも思はないで、わたしや気がはずむんでね、ちつとも苦労はしないけれど、そりやわたしの、身勝手だつた。ご免《めん》なさいな。」

と身をふるはして涙《なみだ》をのむ。われはその膝《ひざ》おさへたり。

「姉《ねえ》さん、何が気に障《さは》りました。なんだつて、わたしがそんなこと思ひます。宿なしの、わがままものを、暑さ、寒さの思ひもさせないで、風邪《かぜ》ひとつおひかせでない。おつかさんに別れてから、うちにゐちやあ知らなんだ楽しいことも覚えさしてくだすつた。伯母《をば》さんとゐた時は、外へばかり出たかつたに、姉さんとかういつしよになつてから、ちつとも楽屋のほかのことは知らなくつてすむやうにして、こんなに育てておくれだもの、なにがわたしに不足があるえ。そりやお雪《ゆき》さんのことは……なんだつたから、だから、あやま

はかない　むなしい、つまらない。

気がはずむ　明るい気持ちになる。元気づく。

つたぢやあないか。さつきいつたのはちつともそんな気ぢやアありません。なんだか心細いことおいひだから、嘘《うそ》にもそんなことといつてわたしを弱らしてくださるなつて、さういふつもりだつたのに、悪く取つたのかね、まだ胸にやあすまないかい。」

すがりつきて、

「ひがむんだね、ああ、つい、ああもしてあげよう、かうもしてあげて、おまへさんの喜ぶ顔が見たいと思ふことが山ほどにあるけれど、一ツも思ふやうにならないので、それでついひがむのだよ。わかりました。さ、わかつたら、ね、貢《みつぎ》さん、いいかい、いいかい。」

「だつてあんまりだから。」

「ほんとはおまへさんがなんてつたつて、朝夕顔が見てゐたいの。さうすりやもうわたしや死んだつてうらみはないよ。」

「まあ！」

「いいえ、なんの、死んだつて、売られたつて、観世物《みせもの》になつたつて、どうしたつて構ふものかね。わたしや、一晩でもおまへさんとかうしてゐられさ

胸にやあすまない　安心できない。

ひがむ　ひねくれる。

へすりや。」

「そんなこといつちやあいやだ。」

分かれて坐《ざ》したり。

「ぢやあ、もうつまらないことはいひツこなし、気をしつかりして、わたしがきつとおまへさんに心配はさせないよ。そのかはりわたしが煩《わづら》つて、悲しいめにあふことが——あつたらばね。」

またその声を曇《くも》らせしが、

「甘《あま》えさしておくれ。いいかい。ちよいとでもおまへさんに甘えさしてもらひさへすりや、あとはどうなつたつて、構ふものか。したいやうにするがいいや。もうもう、取り越《こ》し苦労なんざしないでおかうね。」

「ああ。」

「きめた！」

急にすわり直して、

「あら、もう火が消えたよ。」

小親《こちか》はいそいそ灰のなか掻《か》い探して、煙管《きせる》取つて上げたるが、ふと瞳《ひとみ》を定

取り越し苦労　無駄《むだ》な心配をすること。

めて、室《ま》の隅《すみ》、ふたところ見まはしたり。

「おや！　鳩《はと》はどうしたらう。」

われもまた心づきぬ。さきにひとたび姉上のことを思ひ断《た》たむとしたりしをり、広岡《ひろをか》の家に悲しき叫《さけ》び聞こえしは、確かに忘れず、その人なりし。われわれとおなじにかの猫《ねこ》の鳩くはへしを見たまひしならむとのみ、仮に思ひ棄《す》てたれど、あるひはさもなくて、なんらかの憂《う》き目に合はせたまふならずや。むごき養子のありといへば。また更《さら》に胸の安からず。

五

小親はなほしきりにあたりを見まはして、

「変だよ、ちよいとおまへさんも見たらうね、なんだかわたしやぼんやりしてたが、たしかあの猫が鳩をくはへて飛び込《こ》んだつけね。変な気がするよ、つい今しがたのことだつた。」

「ああ、わたしはまた、またいふとなんだらうけれど、お雪《ゆき》さんの（あれツ）てつた声が聞こえたやうでね。」

「気のせゐだよ、そりや気のせゐだらうけれど、はてな、いつたいどこから飛び込《こ》んだらうね。」

「井戸《ゐど》のところさ。」

「井戸だえ……。」

わが顔の色見て取りたり。小親《こちか》は寂《さび》しき笑《ゑ》みを含《ふく》みて、

「いいよ、どうせ心配をさせないと言つたこツた。貢《みつぎ》さん、ついでにその心配もさせないから、もう案じないがいいよ。」

「なんの心配さ。」

「お雪《ゆき》さんのことさ。」

「そのことなら、もう。」

「いいえ、さうぢやあないよ、いつたんはなに、わたしだつて、さつきのやうにいつたけれど、おまへさんの心配をすることだもの、それに、どうせ、こんなからだだから、おまへさんさへ愛想《あいそ》をお尽《つ》かしでないことなら、もうどんなにでもわたしやならうわね。構ふものかね、なに構やあしない。」

かかる女になにとてさることをさせらるべき。わが心はほぼ定まりたり。

「そんなにいつておくれだと、なほわたしは立つ瀬《せ》がない。お雪さんもなんだけれど、姉《ねえ》さんがなんなんだもの。」

「なんだえ、貢さん。」

「なんでもいいよ。」

「よかアありません。」

「よかアありませんたつて、なにもわるいこつちやあない。」

「ぢやあまあさうさ。しかしどうにかするよ、わたしや、そのまんまにしちやあおかないから。」

「あすのこと……そして姉さん冷えちやあまた悪いだらう。」

われはひとり自由にものおもはむと欲《ほつ》せしなり。

小親は軽くうなづきつつ、

「また心配をさしちやあ悪いね。」

「だからさ。」

「あい、ぢやあ、おまへさんもおやすみだといい。」

褄《つま》引き合はせて立ち上がれり。

立つ瀬がない　面目《めんぼく》がない、立場がない。

褄　着物の裾《すそ》の左右の両端《りようはし》。

「しのぶや、……む、もう寝《ね》たさうな。」

戸口にて見返りながら、

「貢《みつぎ》さん、床《とこ》はわたしが取つてあげよう。」

「なに、構はないよ。あとで敷《し》かせるから。」

打ちうなづきさまほほゑみたり。

「邪魔《じやま》だつたら、あつちへおいで、稲《いな》ちやんといつしよに寝ませう。」

「のちほど。」

「それぢやあ……。」

とて立ちいでたる、後ろ姿隣《となり》の室《ま》の暗きなかに隠《かく》れしが、裾《すそ》はなやかに足白く、するすると取つて返して、

「貢さん！」

顔をあげてぞ見たる、何をか思へる、小親《こちか》の、きづかはしげなるおももちなりしよ。

「また、鼠《ねずみ》とでも話すのかね。」

「考へてるの。」

「そんなことはないで、鼠とたんとお楽しみ。ほほほ、わたしは夢でも見ませうや。」

と横顔見せて身をななめに、こなたを見てなほ立ちたりしが、ふと心づき耳傾《かたむ》け、

「あら！　狐《きつね》が鳴いてるよ。」

と、あだなる声にていひすてつつ、すらすらと歩み去りぬ。


あだなる声（女性の）なまめかしい声。

峰《みね》の堂

一

あれといふ声、あなやと姉上の叫《さけ》びたまひしと、わが覚ゆる声の、猫《ねこ》をば見たまひて驚《おどろ》きたまひしならばよし。さなくて残忍《ざんにん》なる養子のために憂《う》き目見たまひしならばいかにせむ。それか、あらぬかとのみ思ひ悩《なや》みつつ、われは夜半《よは》の道を行くなりき。

小親《こちか》と同じ楽屋にゐて、その顔見つつありては、われあまりに偏《へん》して、ただものに驚かせたまひしよと思ひ棄《す》つるやうになりがちなればぞ。

窓を透《す》かして、ひとりの時、かのあはれに苔生《こけお》ひたる青楓《あをかへで》の材を見れば、また姉上の憂き目を訴《うつた》へたまひしがごとく思はれつつ、心いたく惑《まど》ひて脳《つむり》の苦しきが、いづれか是《ぜ》なる、いづれか非なる。わが小親を売りて養子の手よ

さなくて　そうではなくて。

偏して　一方に片寄って。

是　よいこと、道理が通っていること。

り姉上を救ひ参らせむか、はた姉上をさしおきて、小親とともに世を楽しく送らむか、いづれか是なる、いづれか非なる。あはれわれこの間に処《しょ》していかにせむと、手をこまぬきて歩《あり》くなりき。

しづかに考へさだむとて、ふらふらと仮小屋を、小親が知らぬ間にいでて、ここまで来つ。山の手の大通りは寂《せき》として露《つゆ》冷ややかなり。路《みち》すがらいかなるものにか逢《あ》ひけむ、われは心づかざりし。あたりには人の往来《ゆきき》絶えて、大路《おほぢ》の片隅《かたすみ》に果物《くだもの》売りの媼《おうな》一人露店《ろてん》出して残りたり。三角形《さんかくなり》の行灯《あんどん》にかんてらの煤煙《ばいえん》黒く、水菓子《みづぐわし》と朱《しゅ》の筆もて書いたる下に、栗《くり》をうづたかく、蜜柑《みかん》、柿《かき》の実など三ツ五ツづつ並べたり。空には月の影《かげ》いと明るきに、行灯のともしかすかなれば、その果物はみなこなたより小さく丸く黒きものに見ゆ。電信の柱長く、斜《なな》めに太き影の横たうたるに、ふと立ちどまりて、やがてまたぎ越《こ》えたれば、鳥の羽音して、高く舞《ま》ひ上がれり。星は降るごとし。あなやと見れば、対岸なる山の腰《こし》に一ツ消えて、峰《みね》の松の姿見えつ。

われは流れに沿うたりき。

岸にはおしならべて柳《やなぎ》の樹《き》植ゑられたり。若樹《わかぎ》の梢《こずゑ》より、老い樹《き》の樹《こ》の間《ま》

はた　あるいは。
さしおきて　そのまま見捨てておいて。
処して　身をおいて。
手をこまぬきて　腕《うで》を組んで。
媼　老女。
かんてら　ブリキで作った筒《つつ》の中に石油を入れ、芯《しん》に火をつけた携帯《けいたい》用の明かり。
水菓子　果物《くだもの》。

に、居所かはるがはる、月の形かからむとして、動くにや、風の凪《な》ぎたる柳《やなぎ》の枝、下垂れて流れの上に揺《ゆ》らめきぬ。

来かかる人あり、すれ違《ちが》ひて振《ふ》り向きたれば、立ちどまりて見送るに、われ足ばやに通り過ぎつ。

柳ははやうしろの方《かた》はるかになりて、うすき霧《きり》のなかに灰色になりたる、ほのかに見ゆ。松の姿の丈《たけ》高きが、一抱《ひとかか》への幹に月を隠《かく》して、途上《とじやう》六尺、隈《くま》暗く、枝しげき間より、長き橋の欄干《らんかん》低く眺《なが》めらる。板の色白く、てらてらとむかひなる岸に懸《か》かりたり。

その橋の上に乗りたるやう、上流の流れ疾《と》く白銀《しろがね》の光を浴び、うねりに蒼《あを》みを帯びて、両側より枝おほへる木《こ》の葉の中より走りいでて、さと橋杭《はしぐひ》をくぐり抜《ぬ》け、来《こ》し方の市《まち》のあたり、がうがうと夜深き瀬《せ》の音ぞ聞こえたる。

わが心はさだまらで、とかうしてその橋のたもとまで来《きた》りたり。ついでなればと思ひて渡《わた》りぬ。

木津《きづ》は柿の実の名所とかや。これをひさぐもの、皆《みな》むすめにて、市よりおよそ六七里隔《へだ》たりたる山中の村よりこの橋の上にいできたるなり。夜更《よふ》けて

途上六尺　道路の上、地上約一・八メートル。

木津　石川県河北《かほく》郡にある地名。桃《もも》などの果物《くだもの》の産地。

ひさぐ　売る。

六七里　二十四キロメートル、ないし二十八キロメートル。

は帰るに路《みち》のほど覚束《おぼつか》なしとて、商《あき》なひして露店《ろてん》しまへば、そのまま寝《ね》て、夜明けてのち里に帰るとか。紫《むらさき》の紐《ひも》結びつつ、一様に真白き脚絆《きやはん》穿《は》きたるが、足を縮め、筵《むしろ》もて胸をおほひ、欄干に枕《まくら》して、縦横に寝まりたる乙女《をとめ》ら五七人、それなるべし。ことごとく顔に蓋《ふた》して、露《つゆ》をいとへる笠《かさ》のなかより、紅《くれなゐ》の笠の紐、ふたすぢしなやかに、肩《かた》より橋の上にまがりて垂れたり。

小親《こちか》も寝たらむ、とここにて思ひき。

二

われは一足立ち戻《もど》りぬ。あれといふ声、あなやと叫《さけ》びたまひし声、いかでそのままに差し置きて、小親と楽しく眠《ねむ》らるべき。

いま少し、いま少し、仮小屋と広岡《ひろをか》の家と楓《かへで》の樹《き》と、三ツともにあるところに、いま少し、少しにても遠く隔たりたらば、心の悩《なや》ましさ忘られむ。

渡り越《こ》せば、仮小屋とハヤ川一ツ隔たりたり。麓路《ふもとぢ》は堤防《どて》とならびて、小《こ》家《いへ》四五軒《けん》、蒼白《あをじろ》きこの夜の色に、氷のなかに凍《い》てたるが、透《す》かせば見ゆるにさも似たり。月は峰《みね》の松の後ろになりぬ。

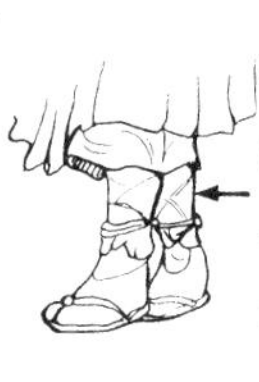

脚絆　長い距離《きょり》を歩く時、脛《すね》に巻く布。

寝まりたる　寝ている、臥《ふ》している。

坂道にのぼりかけつ。頂《いただき》にいたりて超然《てうぜん》として一眸《いちぼう》のもとにみおろさば、わが心高きにゐて、ものよくさだむるを得《う》べしと思ひて、峰《みね》にのぼらむとしたるなり。

歩《ほ》を攀《よ》づる足のそれよりも重かりしよ。搔《か》い撫《な》づる掌《たなそこ》を、吸ひ取るばかり、袖《そで》、袂《たもと》、いたく夜露《つゆ》にぬれたり。

さて暗き樹《き》の下をくぐり、白き草の上をたどりゆく。峰は近くなりぬ。

路の曲がりたる角に石碑《せきひ》あり。蓮《はちす》の花びらの形したる、石の面に、艶子之《つやこの》墓《はか》と彫《ほ》りたるなり。

貴《たふと》き家に生まれし姫《ひめ》の、継母《ままはは》にうとんじられて、家をば追はれつ。このあたりに隠《かく》れすみて里の子に手習ひ教へてゐたまひしが、うらわかくてみまかりたまひしとか、老いたる人の常に語る。苔《こけ》深き墳墓《ふんぼ》の前に、桔梗《ききやう》やらむ、萩《はぎ》やらむ、月影薄《つきかげうす》き草の花のむら生《お》ひたるのみ。手向《たむ》けたる人のあとも見えざるに、われは思はず歩《ほ》をとどめぬ。

あはれ広岡《ひろをか》の、姉上は、われにいかなる女《ひと》ぞ。小親《こちか》をだに棄《す》つれば救はるべきをと、いと強く胸をうつて叫《さけ》ぶものあり。

超然　かけはなれている様子。

一眸　一目で見渡《みわた》すこと。

草に坐《ざ》して、耳を傾《かたむ》けぬ。さまざまのこと聞こえて、ものの音響《ひび》き渡《わた》る。脳《つむり》苦しければ、目を眠《ねむ》りて静かにゐつ。

やや落ち着く時、耳のなかにものの聞こゆるが、しばしやみたるに、頭上なる峰の方《かた》にて清き謡《うたひ》の声聞こえたり。

松風《まつかぜ》なりき。

あまり妙《たへ》なるに、いぶかしさは忘れたるが、また思ひ惑《まど》ひぬ。ひそかに見ばや、小親を置きて世に誰《たれ》かまたこの音の調《てう》をなし得るものぞ。

身を起こして、坂また少しく攀《よ》ぢ、石段三十五階にして、かの峰の松のあるところ、日暮らしの丘《をか》の上にぞ到《いた》れる。

松には注連縄《しめなは》張りたり。香《かう》をたく箱置きて、地《つち》の上に円《まる》き筵《むしろ》敷《し》きつ。傍《かたは》らに堂のふりたるあり。廻廊《くわいらう》の右左稲《いね》かけて低く垣結《かきゆ》ひたる、月は今その裏になりぬ。

謡は風そよぐ松の梢《こずゑ》に聞こゆ、とすれど、人のあるべきところにあらず。また谷一ツかなたに謡《うた》ふが、この山の端《は》にこだまする、それかとも思はれつ。

試みにソト堂の前に行きて——われうかがひたり。

松風　須磨《すま》の汐汲《しおくみ》女の松風、村雨姉妹が在原行平《ありわらのゆきひら》に愛された故事に基《もと》づいた能の曲名。

妙　ひじょうにすぐれている様子。

いぶかしさ　疑わしく思われること。不審《ふしん》に思うこと。

ふりたる　古びている。

伸《の》びあがりて密《ひそ》かにすかしたれば、本堂の傍《かたは》らに畳《たたみ》少し敷《し》いたるあり。おなじ麻《あさ》の上下《かみしも》着けて、扇子《せんす》控《ひか》へたるが四五人ゐならびつ。ここにて謡《うた》へるなりき。釜《かま》かけたる湯の煙《けむり》むらむらとたなびく前に、尼君一人《あまぎみいちにん》薄茶《うすちや》の手前《てまへ》したまひぬ。謡《うたひ》の道修《しゆ》するには、かかることもするものなり。覚えあれば、跫音《あしおと》立ててこの静かさ損《そこ》なはじと、忍《しの》びて退《の》きぬ。

山の端《は》に歩みいでつ。

唯《と》見れば明星《みやうじやう》、松の枝長くさす、北の天にきらめきて、またたき、またたき、またたきたる後《のち》、拭《ぬぐ》うて取るやう白くなりて、しらしらと立つ霧《きり》のなかより、麓《ふもと》の川見え、森の影《かげ》見え、やがてわが小路《こうぢ》ぞ見えたる。襟《えり》を正して曰《いは》く、聞け、かしこにある者。わが心さだまりたり。いでさらば山を越《こ》えてわれ行かむ。慈《いつく》しみ深かりし姉上、われはわが小親《こちか》と別るるこの悲しさのそれをもて、救ふことをなし得ざる姉上、姉上が楓《かへで》のために陥《おちい》りたまひしと聞く、その境遇《きやうぐう》に報《むく》い参らす。

上下　江戸時代の武士の礼装。
控へたる　準備している。
手前　お茶をたてること。
山の端　山の尾根《おね》の突《つ》き出たところ。
明星　金星。
いで　さあ、いざ。
慈しみ　大切にすること、かわいがること。
報い参らす　見合うようにする。

夜行巡査《やかうじゆんさ》

一

「こう爺《ぢい》さん、おめえどこだ。」と職人体《しよくにんてい》のわかものは、その傍《かたは》らなる車夫の老人に向かひて問ひかけたり。車夫の老人はとし既《すで》に五十を越《こ》えて、六十にも間はあらじと思はる。餓《う》ゑてや弱々しき声のしかも寒さにをののきつつ、

「どうぞまつぴらご免《めん》なすつて、向後《かうご》きつと気をつけまする。へいへい。」

と、どぎまぎして慌《あわ》てをれり。

「爺さん慌てなさんな。こうおりや巡査《じゆんさ》ぢやねえぜ。え、おい、かはいさうによつぽど面食《めんく》らつたと見える、全体おめえ、気が小さ過ぎらあ。なんの縛《しば》らうとはいやしめえし、あんなにびくびくしねえでものことさ。おらあ片一方で聞いてててせえ少癇癪《すこかんしやく》に障《さは》つて堪《こた》へられなかつたよ。え、爺さん、聞きやおめえのみなりが悪いとつてとがめたやうだつけが、それにしちやあとがめやうが激しいや、ほかにおめえ何ぞ仕損《しぞこ》なひでもしなすつたのか、ええ、爺さん。」

問はれて老車夫は吐息《といき》をつき、

職人体のわかもの　職人のような様子、外見の元気な若者。

寒さにをののき　寒さにふるえて。

「へい、まことにびつくりいたしました。巡査《おまはり》さんにとがめられましたのは、おやぢ今が初めてで、はい、もうどうなりますることやらと、人心地《ひとごこち》もござりませなんだ。いやもうから意気地《いくぢ》がござりませんかはりにや、決して後ろ暗いことはいたしません。ただ今とても別に不調法のあつたわけではござりませんが、股引《ももひ》きが破れまして、膝《ひざ》から下がむきだしでござりますので、見苦しいと、こんなにおつしやります、へい、ご規則も心得ないではござりませんが、つい届きませんもんで、へい、だしぬけにこら！　ツて喚《わめ》かれましたのに驚《おどろ》きまして、いまだに胸がどきどきいたしまする。」

わかものはしきりにうなづけり。

「むむ、さうだらう。気の小さい維新前《むかし》の者は得て巡的《じゆんてき》を恐《こは》がるやつよ。何だ、たかがこれ股引きがねえからとつて、ぎやうさんにとがめだてをするにやあ当たらねえ。主《ぬし》の抱《かか》へ車《ぐるま》ぢやあるめえし、ふむ、余計なおせつかいよ、なあ爺さん、向かうからいはねえたつて、この寒いのに股引きはこつちで穿《は》きてえや、そこがめいめいの内証で穿けねえから、穿けねえのだ。なにも穿かねえといふんぢやねえ。しかもお提灯《ちやうちん》より見ツこのねえ闇夜《やみ》だらうぢやね

不調法　行き届かないこと。
巡的　巡査の奴《やつ》。
内証　暮らしむき。金まわり。

えか、風俗も糸瓜《へちま》もあるもんか。うぬが商売で寒い思ひをするからたつて、なにも人民にあたるにやあ及《およ》ばねえ。ん！　寒鴉《かんがらす》め。あんなやつもめつたにやねえよ、往来の少ないところなら、昼だつてひよぐるぐらゐは大目に見てくれらあ、業腹《ごふはら》な。おらあ別に人のふんどしで相撲《すまふ》を取るにもあたらねえが、これが若いものでもあることか、かはいさうによぼよぼの爺《ぢい》さんだ。こう、腹あ立てめえよ、ほんにさ、このざまで腕車《くるま》を曳《ひ》くなあ、よくよくのことだと思ひねえ。チヨツ、べら棒め。洋刀《サアベル》がなけりや袋《ふくろ》だたきにしてやらうものを、威張《ゐば》るのもいいかげんにしておけえ。へむ、お堀端《ほりばた》あこちとらのお成筋《なりすぢ》だぞ、まかりまちがやあ胴上《どうあ》げして鴨《かも》のあしらひにしてやらあ。」

口を極《きは》めて既《すで》に立ち去りたる巡査《じゆんさ》をののしり、満腔《まんかう》の熱気を吐《は》きつつ、思はず腕《うで》をさすりしが、四谷組合《よつやくみあひ》と記したる煤《すす》け提灯《ちやうちん》の蠟燭《らふそく》を今継《つ》ぎ足して、力なげに梶棒《かぢばう》を取り上ぐる老車夫の風采《ふうさい》を見て、わかものはうちしをるるまでに哀《あは》れを催《もよほ》し、「さうして爺さん稼《かせ》ぎてはおめえばかりか、孫子《まご》はねえのかい。」

優《やさ》しくいはれて、老車夫は涙《なみだ》ぐみぬ。

ひよぐる　小便を勢いよくする。
業腹　非常に腹の立つこと。
腕車　人力車。
べら棒　人をののしりあざける時にいう語。
お成筋　将軍など貴人の外出する時の道。
鴨のあしらひ　鴨のもてなし、ごちそう。
組合　人力車夫の組合。

「へい、ありがたう存じます、いやも幸ひと孝行なせがれが一人をりまして、よう稼いでくれまして、おまへさん、こんな晩にや行火《あんくわ》を抱《だ》いて寝《ね》てゐられるもつたいない身分でござりましたが、せがれはな、おまへさん、この秋兵隊に取られましたので、後には嫁《よめ》と孫が二人みんな快う世話をしてくれますが、なにぶんくらしが立ちかねますので、蛙《かへる》の子は蛙になる、おやぢももとはこの家業をいたしてをりましたから、としはとつてもちつとは呼吸がわかりますので、せがれの腕車をかうやつて曳きますが、何が、達者で、綺麗《きれい》で、安いといふ、三拍子《びやうし》もそろつたのが競争をいたしますのに、わたしのやうな腕車には、それこそお茶人か、よつぽど後生のよいお客でなければ、とても乗つてはくれませんで、稼ぐに追ひ着く貧乏《びんばう》なしとはいひまするが、どうしていくら稼いでもその日を越《こ》すことができにくうござりますから、自然なりなんぞも構ふことはできませんので、つい、巡査《おまはり》さんに、はい、お手数《てかず》をかけるやうにもなりまする。」

いと長々しき繰《く》り言《ごと》をまだるしとも思はで聞きたるわかものはひとかたならず心を動かし、

行火
火を入れて手足を温めるもの。

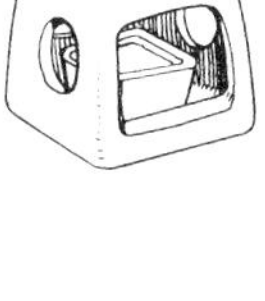

お茶人
一風変わった物好き。

後生のよいお客
死後再び生まれかわる時善い所に生まれる親切な客。

まだるし
のろくさい。

「爺《ぢい》さん、いやたあいはれねえ、むむ、もつともだ。聞きや一人息子《むすこ》が兵隊になつてるといふぢやねえか、おほかた戦争にも出るんだらう、そんなことなら黙《だま》つてゐないで、どしどし言ひこめてひまあつぶさした埋《う》め合はせに、酒代《さかて》でもふんだくつてやればいいに。」

「ええ、滅相《めつさう》な、しかし申し訳のためばかりに、そのことも申しましたなれど、いつかうおききいれがござりませんので。」

わかものはますます憤《いきどほ》りひとしほ憐《あは》れみて、

「なんといふ木念人《ぼくねんじん》だらう、因業《いんごふ》な寒鴉《かんがらす》め。トいつたところで仕方もないかい。ときに爺さん、手間は取らさねえからそこいらまでいつしよに歩《あゆ》びねえ。股火鉢《またひばち》で五合《ごんつく》とやらかさう。ナニ遠慮《ゑんりよ》しなさんな、ちと相談もあるんだからよ。はて、いいわな。おめえ稼業《かげふ》にも似合はねえ。ばかめ、こんな爺さんをつかめえて、剣突《けんつ》くもすさまじいや、何だと思つてゐやがんでえ、こう指一本でも指してみろ、今ぢやおいらが後見だ。」

憤慨《ふんがい》と、軽侮《けいぶ》と、怨恨《ゑんこん》とを満たしたる、視線の赴《おもむ》くところ、麹町一番町《かうぢまちいちばんちやう》英国《えいこく》公使館の土塀《どべい》のあたりを、柳《やなぎ》の木立に隠見《いんけん》して、角灯《かくとう》あり、南をさして

戦争　日清戦争（一八九四～九五）。
木念人　わからずや。
因業　頑固《がんこ》で無情、残酷《ざんこく》。
五合　酒五合。
剣突く　荒々《あらあら》しく叱《しか》りつける。
麹町一番町　現在の東京都千代田《ちよだ》区一番町。
角灯　手にさげるガラス張りの四角いランプ。

行く。その光は暗夜に怪獣《くわいじう》の眼《まなこ》のごとし。

二

公使館の辺りを行くその怪獣は八田義延《はったよしのぶ》といふ巡査《じゆんさ》なり。かれは明治二十七年十二月十日の午後零時《れいじ》をもて某町《なにがしまち》の交番を発し、一時間交替《かうたい》の巡回の途《と》に就《つ》けるなりき。

その歩むや、この巡査には一定の法則ありて存するがごとく、おそからず、早からず、着々歩を進めて路《みち》を行くに、身体《からだ》はきつとして立ちて左右に寸毫《すんがう》も傾《かたむ》かず、決然自若《じじやく》たる態度には一種犯《をか》すべからざる威厳《ゐげん》を備へつ。制帽《せいばう》のひさしの下にものすごく潜《ひそ》める眼光は、機敏《きびん》と、鋭利《えいり》と厳酷《げんこく》とを混じたる、異様の光に輝《かがや》けり。

かれは左右の物を見、上下のものをながむるとき、更《さら》にその顔を動かし、首をふることをせざれども、瞳《ひとみ》は自在に回転して、随意《ずゐい》にその用を弁ずるなり。

さればこ路すがらの事々物々、たとへばお堀端《ほりばた》の芝生《しばふ》の一面に白くほの見ゆ

巡回
当時交番勤務の巡査には一時間交代の巡回が課せられていた。

寸毫
きわめてわずかのこと。

自若
大事に直面しても動揺《どうよう》せず、平常と少しも変わらないこと。

るに、幾条《いくでう》の蛇《くちなは》の這《は》へるがごとき人の踏《ふ》みしだきたるあとを印《いん》せること、英《えい》国《こく》公使館の二階なる硝子《がらす》窓の一面に赤黒き灯火《ともしび》の影《かげ》の射《さ》せること、その門前なる二柱の瓦斯灯《がすとう》の昨夜よりも少しく暗きこと、往来の真ん中に脱《ぬ》ぎ捨てたる草鞋《わらぢ》の片足の、霜《しも》に凍《い》てつきて堅《かた》くなりたること、路傍《みちばた》にすくすくと立ちならべる枯《か》れ柳《やなぎ》の、一陣《いちぢん》の北風にさと音して一斉《いつせい》に南になびくこと、はるかあなたにぬつくと立てる電灯局《でんとうきよく》の煙筒《えんとう》より一縷《いちる》の煙《けむり》の立ちのぼること等、およそ這般《このはん》の些細《ささい》なる事柄《ことがら》といへども一つとして件《くだん》の巡査《じゆんさ》の視線以外にのがることを得ざりしなり。

　しかもかれは交番をいでて、路に一個の老車夫を叱責《しつせき》し、しかして後このところに来れるまで、ただに一回もうしろを振《ふ》り返りしことあらず。かれは前途に向かひて着眼の鋭《するど》く、細かに、厳しきほど、うしろには全く放心せるもののごとし。いかにとなれば背後は既《すで》にいつたんわが眼《まなこ》に検察して、異状なしと認めてこれを放免《はうめん》したるものなればなり。

兇徒《きようと》あり、白刃《はくじん》を揮《ふる》ひてうしろよりかれを刺《さ》さむか、巡査はその呼吸《いき》の根のとまらむまでは、うしろに人あるといふことに、思ひ到《いた》ることはなかるべ

電灯局　当時あった電灯会社の発電所の一つか。

放心　心にかけない。安心すること。

兇徒　わるもの。

藕糸の孔中　蓮《はす》の糸を引き出

し。他なし、かれはおのが眼の観察の一度達したるところには、たとひ藕糸《ぐうし》の孔中《こうちう》といへども一点の懸念《けねん》をだに遺《のこ》しおかざるを信ずるに因《よ》れり。ゆゑにかれは泰然《たいぜん》と威厳《ゐげん》を存して、他意なく、懸念なく、悠々《いういう》としてただ前途《ぜんと》のみを志すを得《う》るなりけり。

その靴《くつ》は霜《しも》のいと夜深きに、空谷《くうこく》を鳴らして遠く跫音《きようおん》を送りつつ、行く行く一番町《いちばんちやう》の曲がり角のややこなたまで進みける時、右側のとある冠木門《かぶきもん》の下にうづくまれる物体ありて、わが跫音《あしおと》にうごめけるを、例の眼にてきつと見たり。

八田《はつた》巡査はきつと見るに、こはいと窶々《やつやつ》しきをんななりき。

ひとりの幼児《をさなご》を抱《いだ》きたるが、夜ふけの人目なきに心を許しけむ、帯を解きてその幼児を膚《はだ》に引きしめ、着たる襤褸《らんる》の綿入れを衾《ふすま》となして、少しにても多量の暖を与《あた》へむとせる、母の心はいかなるべき。よしやその母子《おやこ》に一銭の恵《めぐ》みを垂れずとも、誰《たれ》か憐《あは》れと思はざらむ。

しかるに巡査は二つ三つをんなの枕《まくら》もとに足踏《あしぶ》みして、

「おいこら、起きんか、起きんか。」

した穴。きわめて狭《せま》い場所。

空谷を鳴らして遠く跫音を送りつつ
人のいない谷に遠く足音を響《ひび》かせるようにして。

冠木門
24ページ注参照。

窶々しき
ひどくやつれている、みすぼらしい。

襤褸
ぼろきれ。ぼろ。

衾
寝《ね》る時にかける夜具。かけぶとん。

よしや
たとえ、かりに。

と沈《しづ》みたる、しかも力をこめたる声にていへり。

をんなは慌《あわ》ただしくはね起きて、急に居住ひを繕《つくろ》ひながら、

「はい、」と答ふる歯の音《ね》も合はず、そのまま土に頭《かうべ》を埋《うづ》めぬ。

巡査《じゆんさ》は重々しき語気をもて、

「はいではない、こんなところに寝《ね》てゐちやあいかん、はやく行け、なんといふ醜態《しうたい》だ。」

と鋭《するど》き音調。をんなは恥《は》ぢて呼吸《いき》の下にて、

「はい、恐《おそ》れ入りましてございます。」

かくうちわぶる時しも、幼児《をさなご》は夢を破りて、睡眠《すゐみん》のうちに忘れたる、饑《う》ゑと寒さとを思い出し、あと泣きいだす声も疲労《ひらう》のためにうらがれたり。母は見るより人目も恥ぢず、慌てて乳房《ちぶさ》を含《ふく》ませながら、

「夜分のことでございますから、どうぞ旦那様《だんなさま》お慈悲《じひ》でございます。大眼《おほめ》にご覧あそばして。」

巡査は冷然として、

「規則に夜昼はない。寝ちやあいかん、軒下《のきした》で。」

をりからひとしきりすさぶ風は冷《れい》を極《きは》めて、手足も露《あら》はなるをんなの膚《はだ》を裂《さ》きて寸断せむとせり。かれはぶるぶると身を震《ふる》はせ、鞠《まり》のごとくにすくみつつ、

「たまりません、もし旦那、どうぞ、後生でございます。しばらくここにお置きあそばしてくださいまし。この寒さにお堀端《ほりばた》の吹《ふ》きさらしへ出ましては、こ、この子がかはいさうでございます。いろいろ災難にあひまして、にわかの物もらいで勝手はわかりませず……。」といひかけてをんなはむせびぬ。

これをこの軒のあるじに請《こ》はば、その諾否《だくひ》いまだ計りがたし。しかるに巡査はききいれざりき。

「いかん、おれがいったんいかんといったら何といってもいかんのだ。たとひきさまが、観音《くわんのん》様の化身《けしん》でも、寝ちゃならない、こら、行けといふに。」

三

「伯父《をぢ》さんお危のうございますよ。」

半蔵門《はんざうもん》の方《かた》より来《きた》りて、今や堀端に曲がらむとする時、一個のとしわかき

半蔵門　東京都千代田《ちよだ》区麹町《こうじまち》に面してある皇居の門。近くに服部半蔵《はっとりはんぞう》の屋敷《やしき》があった。

美人はそのつれなる老人の蹣跚《まんさん》たる酔歩《すゐほ》に向かひて注意せり。かれは編み物の手袋《てぶくろ》をはめたる左の手にぶら提灯《ぢやうちん》を携《たづさ》へたり。片手は老人を導きつつ。

伯父《をぢ》さんといはれたる老人は、ぐらつく足をふみしめながら、

「なに、大丈夫《だいぢやうぶ》だ。あれんばかしの酒にたべ酔《よ》つてたまるものかい。ときにもう何時《なんどき》だらう。」

夜は更《ふ》けたり。天色沈々《ちんちん》として風騒《さわ》がず。見渡《みわた》すお堀端《ほりばた》の往来は、三宅坂《みやけざか》にてひとたび尽《つ》き、更《さら》に一帯の樹立《こだち》と相連なる煉瓦屋《れんがをく》にて東京のその局部を限れる、この小天地寂《せき》として、星のみ冷ややかに冴《さ》え渡《わた》れり。美人は人欲《ほ》しげに振《ふ》り返りぬ。百歩《ひやくほ》を隔《へだ》てて黒影《こくえい》あり、靴《くつ》を鳴らしておもむろに来《きた》る。

「あら、巡査《おまはり》さんが来ましたよ。」

伯父なる人は顧《かへり》みて角灯の影《かげ》を認むるより、直ちに不快なる音調を帯び、

「巡査《じゆんさ》がどうした、おまへ何だか、うれしさうだな。」

とむすめの顔をみまもれる、一眼《いちがん》盲《し》ひて片眼《へんがん》鋭《するど》し。むすめはギツクリとしたるさまなり。

「ひどく寂《さび》しうございますから、もう一時前でもございませうか。」

蹣跚
よろめき歩く様子。

ぶら提灯
柄《え》のついたぶら下げる提灯。

たべ酔って
酒を多く飲んで酔って。

天色沈々として
空模様は落ち着いて、奥《おく》深く静かで。

三宅坂
東京都千代田《ちよだ》区永田町《ながたちょう》の堀端《ほりばた》に

「うむ、そんなものかもしれない、ちつとも腕車《くるま》が見えんからな。」

「ようございますわね、もう近いんですもの。」

やや無言にて歩を運びぬ。酔《よ》へる足ははかどらで、靴音ははや近づきつ。

老人は声高《こわだか》に、

「お香《かう》、今夜の婚礼《こんれい》はどうだつた。」と少しく笑《ゑ》みを含《ふく》みて問ひぬ。

むすめは軽《かろ》くうけて、

「たいそうお見事でございました。」

「いや、お見事ばかりぢやあない、おまへはあれを見て何と思つた。」

むすめは老人の顔を見たり。

「なんですか。」

「さぞ、うらやましかつたらうの。」といふ声はあざけるごとし。

むすめは答へざりき。かれはこの一冷語のためにいたく苦痛を感じたるさま見えつ。

老人はさこそあらめと思へる見得《みえ》にて、

「どうだ、うらやましかつたらう。おい、お香、おれが今夜あすこの婚礼の

ある坂。側に三宅土佐守《とさのかみ》の屋敷《やしき》があった。

局部　全体のある一部分。

冷語　冷ややかな言葉。

席へおまへを連れて行つた主意を知つとるか。ナニ、はいだ。はいぢやない。その主意を知つてるかよ。」

　むすめは黙《もく》しぬ。首《かうべ》をたれぬ。老夫はますます高調子《たかでうし》。

「わかるまい、こりやおそらくわかるまいて。何も儀式《ぎしき》を見習はせようためでもなし、別にご馳走《ちそう》をくはせたいと思ひもせずさ。ただうらやましがらせて、情けなく思はせて、おまへが心に泣いてゐる、その顔を見たいばつかりよ。ははは。」

　口気酒芬《こうきしゆふん》を吐《は》きて面《おもて》をも向くべからず、むすめは悄然《せうぜん》として横にそむけり。老夫はその肩《かた》に手をかけて、

「どうだお香《かう》、あの縁女《えんぢよ》は美しいの、さすがは一生の大礼だ。あのまた白と紅《あか》との三枚襲《さんまいがさね》で、トはづかしさうにすわつた恰好《かつかう》といふものは、ありやをんなが二度とないお晴《は》れだな。縁女もさ、美しいは美しいが、おまへにや九目《せいもく》だ。婿《むこ》も立派な男だが、あの巡査《じゆんさ》にや一段劣《おと》る。もしこれがおまへと巡査とであつてみろ。さぞ目の覚むることだらう。なあ、お香、いつぞや巡査がおまへをくれろと申し込《こ》んできた時に、おれさへアイと合点すりや、あべこべ

酒芬　酒のにおい。
悄然　元気のなさそうな様子。
縁女　花嫁《はなよめ》。
三枚襲　三枚の小袖《こそで》を重ねて着ること。
九目　囲碁《いご》では技量に大差がある場合、碁盤《ごばん》の上に記した九か所の黒点に石を置く。ここでは、美しさに大差があること。

に人をうらやましがらせてやられるところよ。しかもおまへが（生命《いのち》かけても）といふ男だもの、どんなにおめでたかつたかも知れやアしない。しかしどうもそれままにならないのが浮《う》き世つてな、よくしたものさ。おれといふ邪魔者《じやまもの》がをつて、小気味よく断つた。あいつもとんだ恥《はぢ》をかいたな。はじめからできる相談か、できないことか、見当をつけてかかればよいのに、何も、八田《はつた》も目先の見えないやつだ。ばか巡査！」

「あれ伯父《をぢ》さん。」

と声ふるへて、後ろの巡査に聞こえやせんと、心を置きて振《ふ》り返れる、眼《まなこ》に映ずるその人は、……夜目にもいかで見紛《みまが》ふべき。

「おや！」と一言《ひとこと》我知らず、口よりもれて愕然《がくぜん》たり。

八田巡査は一注《いつちう》の電気に感ぜしごとくなりき。

四

老人はとつさの間に演ぜられたる、このキツカケにも心づかでや、更《さら》に気にかくる様子もなく、

ままにならない　思いどおりにならない。

心を置きて　気をつかう。遠慮《えんりよ》する。

愕然　ひどく驚《おどろ》く様子。

キツカケ　動作、合図。

「なあ、お香《かう》、さぞおれがことを無慈悲《むじひ》なやつとうらんでゐよう。おりやおまへにうらまれるのが本望《ほんまう》だ。いくらでもうらんでくれ。どうせ、おれもかう因業《いんごふ》ぢや、いい死にざまもしやアしまいが、何、そりやもとより覚悟《かくご》の前だ。」

真顔になりていふ風情《ふぜい》、酒の業《わざ》とも思はれざりき。むすめはやうやう口を開き、

「伯父《をぢ》さん、あなたまあ往来で、なにをおつしやるのでございます。早く帰らうぢやございませんか。」

と老夫の袂《たもと》をひき動かし急ぎ巡査《じゆんさ》を避《さ》けむとするは、聞くに堪《た》へざる伯父のことばをかれの耳に入れじとなるを、伯父は少しも頓着《とんぢやく》せで、平気に、むしろ聞こえよがしに、

「あれもさ、巡査だから、おれが承知しなかつたと思はれると、何か身分のいい官員か、かねもちでもえらんでゐて、月給八円におぞ毛をふるつたやうだが、そんないやしい了簡《れうけん》ぢやない。おまへの嫌《きら》ひな、いつしよになると生き血を吸はれるやうな人間でな、たとへば癩病坊《かつたゐばう》だとか、高利貸しだとか、

官員　官吏《かんり》、役人。

おぞ毛をふるつた　怖《こわ》くて身震《みぶる》いをした、ひどく恐《おそ》れた。

了簡　考え。所存。

再犯の盗人《ぬすつと》とでもいふやうな者だつたら、おれは喜んで、くれてやるのだ。乞食《こじき》ででもあつてみろ、それこそおれが乞食をしておれの財産をみんなそいつに譲《ゆづ》つて、夫婦《めをと》にしてやる。え、お香、さうしておまへの苦しむのを見て楽しむさ。けれどもあの巡査はおまへが心《しん》からすいてた男だらう。あれと添《そ》はれなけりや生きてるかひがないとまでに執心《しふしん》の男だ。そこをおれがちやんと心得てるから、きれいさつぱりと断つた。なんと慾《よく》のないもんぢやあるまいか。そこでいつたんおれが断つたうへは何でもあきらめてくれなければならないと、なみの人間ならいふところだが、おれがのはさうぢやない。伯父さんがいけないとおつしやつたから、まあ私もしかたがないと、おまへにわけもなくあきらめてもらつた日にやあ、おれが志も水の泡《あわ》さ、形《かた》なしになる。ところで、恋《こひ》といふものは、そんな浅はかなもんぢやあない。なんでも剛胆《がうたん》なやつがけんのんな目にあへばあふほど、一層《いつそ》剛胆になるやうで、なにかしら邪魔《じやま》が入れば、なほさら恋しうなるものでな、とても思ひ切れないものだといふことを知つてゐるから、ここでおもしろいのだ。どうだい、おまへは思ひ切れるかい、うむ、お香、今ぢやもうあの男を忘れたか。」

剛胆　度胸のよいこと。

むすめはややしばらく黙《もく》したるが、

「い……い……え。」ときれぎれに答へたり。

老夫は心地《ここち》よげに高く笑ひ、

「むむ、もつともだ。さうやすつぽくあきらめられるやうでは、おれが因業《いんごふ》もねうちがねえわい。これ、後生だからあきらめてくれるな。まだまだ足りない、もつとその巡査《じゆんさ》を慕《した》うてもらひたいものだ。」

むすめは堪《こら》へかねて顔を振《ふ》り上げ、

「伯父《をぢ》さん、何がお気に入りませんで、そんな情けないことをおつしやいます、私は、……。」と声を飲む。

老夫はそらうそぶき、

「なんだ、なにがお気に入りません？　いふな、もつたいない。何だつてまたおそらくおまへほどおれが気に入つたものはあるまい。第一容色《きりやう》はよし、気だてはよし、優《やさ》しくはある、することなすこと、おまへのことといつたら飯のくひやうまで気に入るて。しかしそんなことで何、巡査をどうするの、かうするのといふ理窟《りくつ》はない。たとひおまへがなにかのをりに、おれの生命《いのち》

後生だから
どうか頼《たの》むから。

を助けてくれてさ、生命の親と思へばとても、決して巡査にやあやらないのだ。おまへが憎《にく》い女ならおれもなに、邪魔《じやま》をしやあしねえが、かはいいから、ああしたものさ。気に入るの入らないのと、そんなこたあ言つてくれるな。」

むすめは少しきつとなり、

「それではあなた、あのお方になんぞお悪いことでもございますの。」

かく言ひかけて振《ふ》り返りぬ。巡査はこの時ささやく声をも聞くべき距離《きより》に着々として歩《ほ》しをれり。

老夫は頭《かうべ》を打ちふりて、

「う、んや、おりやあいつも大好きさ。八円を大事にかけて、世の中に巡査ほどのものはないと澄《す》ましてゐるのが妙《めう》だ。あまり職掌《しよくしやう》を重んじて、苛酷《かこく》だ、思ひやりがなさすぎると、評判の悪いのにも頓着《とんぢやく》なく、すべ一本でも見のがさない、アノ邪慳非道《じやけんひだう》なところが、ばかにおれは気に入つてる。まづ八円のねうちはあるな。八円ぢや高くない、禄盗人《ろくぬすびと》とはいはれない、まことに立派な八円様だ。」

女はたまらず顧《かへり》みて、小腰《こごし》をかがめ、片手をあげてソト巡査を拝みぬ。い

妙　まねのできないほどすぐれている。

職掌　職務。役目。

すべ　わらしべのこと。くずわら。わら（藁）のくず。

邪慳　慈悲心《じひしん》がなく、むごくあつかうこと。

禄盗人　才能や功績がなかったり、職務に忠実でないのに、高い禄（給与《きゆうよ》）をもらっていること。

かにお香《かう》はこのふるまひを伯父《をぢ》に認められじとはつとめけむ。瞬間《しゆんかん》にまた頭《かうべ》を返して、八田《はつた》がなんらの挙動をもて我に答へしやを知らざりき。

五

「ええと、八円様に不足はないが、どうしてもおまへをやることはできないのだ。それもあいつが浮気《うはき》もので、ちよいと色に迷つたばかり、おいやならよしなさい、よそを聞いてみますといふ、お手軽なところだと、おれも承知をしたかもしれんが、どうしておれが探《さぐ》つてみると、義延《よしのぶ》（巡査《じゆんさ》の名）といふ男はそんな男と男が違《ちが》ふ。なんでも思ひ込《こ》んだらどうしても忘れることのできない質《たち》で、やつぱりおまへとおんなじやうに、自殺でもしたいといふふうだ。ここでおもしろいて、はははははは。」とあざわらへり。

むすめは声をふるはして、

「そんなら伯父《をぢ》さん、まあどうすりやいいのでございます。」と思ひつめたる体《てい》にて問ひぬ。

伯父は事もなげに、

「どうしてもいけないのだ。どんなにしてもいけないのだ。とても駄目《だめ》だ、何にもいふな、たとひどうしてもききやあしないから、お香、まあ、さう思つてくれ。」

むすめはわつと泣きいだしぬ。かれは途中《とちう》なることをも忘れたるなり。

伯父は少しも意に介《かい》せず、

「これ、一生のうちにただ一度いはうと思つて、今までおまへにも誰《だれ》にもほのめかしたこともないが、ついでだからいつて聞かす。いいか、亡《な》くなつたおまへのおつかさんはな。」

母といふ名を聞くや否《いな》やむすめはにはかに聞き耳立てて、

「え、おつかさんが。」

「むむ、亡くなつた、おまへのおつかさんには、おれが、すつかり惚《ほ》れてゐたのだ。」

「あら、まあ、伯父さん。」

「うんや、驚《おどろ》くこたあない、また疑ふにも及《およ》ばない。それを、そのおつかさんを、おまへのおとつさんにとられたのだ。な、わかつたか。もちろんおま

かれ　三人称《しよう》の代名詞。当時は、男女の区別なく用いた。

へのおつかさんは、おれが何だといふことも知らず、弟《おとと》もやつぱり知らない。おれもまた、口へ出したことはないが、心では、心では、実におりやもう、お香《かう》、おまへはその思いやりがあるだらう。巡査《じゆんさ》といふものを知つてるから。婚礼《こんれい》の席に連《つら》なつた時や、明け暮れそのなかのいいのを見てゐたおれは、ええ、これ、どんな気がしたとおまへは思ふ。」

といふ声濁《にご》りて、痘痕《とうこん》の充《み》てる頬骨《ほほぼね》高き老顔の酒気を帯びたるに、一眼《いちがん》の盲《し》ひたるがいとものすごきものとなりて、とりひしぐばかり力をこめて、お香の肩《かた》をつかみ動かし、

「いまだに忘れない。どうしてもその残念さが消えうせない。そのためにおれはもうすべての事業を打ち棄《す》てた。名誉《めいよ》も棄てた。家も棄てた。つまりおまへの母親が、おれの生涯《しやうがい》の幸福と、希望とを皆奪《みなうば》つたものだ。おれはもう世の中に生きてる望みはなくなつたが、ただ何とぞしてしかへしがしたかつた、トいつて寝刃《ねたば》を合わせるぢやあない、恋《こひ》に失望したもののその苦しみといふものは、およそ、どのくらゐであるといふことを、思い知らせたいばつかりに、いらざる生命《いのち》をながらへたが、慕《した》ひ合つて望みがかなうた、おまへ

痘痕
　天然痘のあと。
とりひしぐ
　おしつぶす。
寝刃を合わせる。
　刀の刃を研《と》ぐ。転じて、秘《ひそ》かに悪事をたくらむ。

の両親《ふたおや》に対しては、どうしてもその味を知らせよう手段がなかつた。もうちつと長生きをしてゐりや、そのうちにはおれが仕方を考へて思ひ知らせてやらうものを、不幸せだか、幸せだか、二人ともなくなつて、残つたのはおまへばかり。親身《しんみ》といつてほかにはないから、そこでおいらが引き取つて、これだけの女にしたのも、三代祟《たた》る執念《しふねん》で、親のかはりに、なあ、お香、きさまに思ひ知らせたさ。幸ひ八田《はつた》といふ意中人《おもひもの》が、おまへの胸にできたから、おれも望みが遂《と》げられるんだ。さ、かういふ因縁《いんねん》があるんだから、たとひ世界のかねもちにおれをしてくれるといつたつて、とてもいふこたあきかれない。覚悟《かくご》しろ！　しよせん駄目《だめ》だ。や、こいつ、耳に蓋《ふた》をしてゐるな。」

眼《め》に一杯《いつぱい》の涙《なみだ》をたたへて、お香はわなわなふるへながら、両袖《りやうそで》を耳にあて て、せめて死刑《しけい》の宣告を聞くまじとつとめたるを、老夫は残酷《ざんこく》にも引き放ちて、

「あれ！」とそむくる耳に口、

「どうだ、わかつたか。何でも、少しでもおまへが失望の苦しみを余計に思ひ知るやうにする。そのうち巡査のことをちつとでも忘れると、それ今夜のやうに人の婚礼を見せびらかしたり、気の悪くなるはなしをしたり、あらゆ

意中人　恋人《こいびと》。

ることをしていぢめてやる。」

「あれ、伯父《をぢ》さん、もう私は、もう、ど、どうぞ堪忍《かんにん》してくださいまし。お放しなすつて、え、どうせうねえ。」

とおぼえず、声を放ちたり。

　少距離《せうきより》を隔《へだ》てて巡行《じゆんかう》せる八田《はつた》巡査《じゆんさ》は思はず一足前に進みぬ。かれはそのところを通り過ぎむと思ひしならむ。さりながらえ進まざりき。かれは立ちどまりて、しばらくして、たじたじと後にさがりぬ。巡査はこのところを避《さ》けむとせしなり。されどもかれは退かざりき。造次《ざうじ》の間《あひだ》八田巡査は、木像のごとく突《つ》つ立ちぬ。更《さら》に冷然として一定の足並をもて粛々《しゆくしゆく》と歩みいだせり。

ああ、恋《こひ》は命なり。間接にわれをして死せしめむとする老人のはなしを聞くことの、いかに巡査には絶痛なりしよ。ひとたび歩を急にせむか、八田は疾《と》くにかれらを通り越《こ》し得たりしならむ、あるはことさらに歩を緩《ゆる》うせむか、眼界の外にかれらを送遣《そうけん》し得たりしならむ。しかれどもかれはその職掌《しよくしやう》を堅《けん》守《しゆ》するため、自家が確定せし平時における一式の法則あり。交番をいでて幾《いく》曲がりの道を巡《めぐ》り、再び駐在所《ちうざいしよ》に帰るまで、歩数約三万八千九百六十二と。

造次の間　わずかな時間。
粛々　静かに行動するさま。
送遣　見送って視界からおいはらうこと。

情のために道を迂回《うくわい》し、あるひは疾走《しつそう》し、緩歩《くわんぽ》し、立停《りふてい》するは、職務に尽《つ》くすべき責任に対して、かれがいさぎよしとせざりしところなり。

立停する　立ちどまる。
いさぎよし　心よく思うこと。

六

老人はなほ女の耳をとらへて放たず、負はれかかるがごとくにして歩きながら、

「お香《かう》、かうはいふもののな、おれはおまへが憎《にく》かあない、死んだ母親にそつくりでかはいくつてならないのだ。憎いやつならなにもおれが仕返しをするねうちはないのよ。だからな、食ふこともきることも、なんでもおまへの好きなとほり、おりやきないでもおまへにはきせる。わがまま一杯《いつぱい》さしてやるが、ただあればかりはどんなにしても許さんのだからさう思へ。おれももう取る年だし、死んだあとでと思ふであらうが、さううまくはさせやあしない、おれが死ぬ時はきさまもいつしよだ。」

恐《おそ》ろしき声をもて老人が語れるその最後のことばを聞くとひとしく、お香はもはや忍《しの》びかねけむ、力を極《きは》めて老人が押《お》さへたる肩《かた》を振《ふ》り放し、ばたば

たと駈《か》けいだして、あはやと見る間に堀端《ほりばた》の土手へひたりと飛び乗りたり。コハ身を投ぐる！　と老人はうろたへて、引き戻《もど》さんと飛び行きしが、酔眼《すゐがん》に足場をあやまり、身を横ざまに霜《しも》をすべりて、水にざんぶと落ち込《こ》みたり。
　この時はやく救護のために一躍《いちやく》して馳《は》せ来《きた》れる、八田《はった》巡査《じゅんさ》を見るよりも、「義《よし》さん。」と呼吸《いき》せはしく、お香《かう》は一声呼びかけて、巡査の胸に額を埋《うづ》め我をも人をも忘れしごとく、ひしとばかりにすがりつきぬ。蔦《つた》をその身に絡《から》めたるまま枯《か》れ木は冷然として答へもなさず、堤防《ていばう》の上につと立ちて、角灯片手にふりかざし、水をきつとみおろしたる、時に寒冷いふべからず、見渡《みわた》す限り霜白く墨《すみ》より黒き水面に烈《はげ》しき泡《あわ》の吹《ふ》きいづるは老夫の沈《しづ》めるところと覚しく、薄氷《はくひよう》は亀裂《きれつ》しをれり。
　八田巡査はこれを見て、躊躇《ちうちよ》するもの一秒《いっセコンド》時、手なる角灯を差し置きつ、と見れば一枝《ひとえだ》の花簪《はなかんざし》の、徽章《きしやう》のごとくわが胸にかかれるが、ゆらぐばかりに動悸《どうき》烈《はげ》しき、お香の胸とおのが胸とは、ひたと合ひてぞ放れがたき。両手を静かにふり払《はら》ひて、
「おどき。」

蔦
蔦のようにからみついている人物。比喩《ひゆ》。

枯れ木
枯れ木のように生気・情熱のない人物。

花簪
造花で飾《かざ》った簪。花簪を挿《さ》した女性。

「え、どうするの。」

とお香は下より巡査の顔を見上げたり。

「助けてやる。」

「伯父《をぢ》さんを？」

「伯父でなくつて誰《だれ》が落ちた。」

「でも、あなた。」

巡査は儼然《げんぜん》として、

「職務だ。」

「だつてあなた。」

巡査は冷ややかに、「職掌《しよくしやう》だ。」

お香はにわかに心づき、また更《さら》に蒼《あを》くなりて、

「おお、そしてまああなた、あなたはちつとも泳ぎを知らないぢやありませんか。」

「職掌だ。」

「それだつて。」

儼然　おごそかで、いかめしい様子。

寂　静か。
十町　一町は約百十メートル。約千百メートル。
行人　通行人。
絶え入りぬ　死んだように

「いかん、駄目《だめ》だもう、僕《ぼく》も殺したいほどのおやぢだが、職務だ！　あきらめろ。」

と突《つ》きやる手にくひつくばかり、

「いけませんよう、いけませんよう。あれ、誰《だれ》ぞ来てくださいな。助けて、助けて。」と呼び立つれど、土塀《どべい》石垣《いしがき》寂《せき》として、前後十町《じつちやう》に行人《かうじん》絶えたり。

八田巡査《はつたじゆんさ》は、声をはげまし、

「放さんか！」

決然として振《ふ》り払《はら》へば、力かなはで手を放てる、とつさに巡査は一躍《いちやく》して、棄《す》つるがごとく身を投ぜり。お香《かう》はハツと絶え入りぬ。あはれ八田は警官として、社会よりになへる負債《ふさい》を消却《せうきやく》せむがため、あくまでその死せむことを、むしろ殺さむことを欲《ほ》しつつありし悪魔《あくま》を救はむとて、氷点の冷、水凍《こほ》る夜《よ》半《は》に泳ぎを知らざる身の、生命《いのち》とともに愛を棄《す》てぬ。後日社会は一般《いつぱん》に八田巡査を仁《じん》なりと称《しよう》せり。ああ果たして仁なりや、しかも一人《いちにん》のかれが残忍苛《ざんにんか》酷《こく》にして、恕《じよ》すべき老車夫を懲罰《ちようばつ》し、憐《あは》れむべき母と子を厳責《げんせき》したりし尽瘁《じんすい》を、讃歎《さんたん》するもののなきはいかん。

なった。気絶した。
負債を消却せむ　借りた金などを返却しよう。社会からあたえられた責務を全《まつと》うしようと。
仁　なさけ、思いやり。なさけのある人。
恕す　同情する、おおめにみる。
厳責　きびしく責めたてること。
尽瘁　全力を尽《つ》くして労苦すること。

外《げ》科《くわ》室《しつ》

上

実は好奇心《かうきしん》のゆゑに、しかれども予は予が画師《ゑし》たるを利器として、ともかくも口実を設けつつ、予と兄弟もただならざる医学士高峰《たかみね》を強《し》ひて、それの日東京府下のある病院において、かれが刀《とう》を下《くだ》すべき、貴船伯爵《きふねはくしやく》夫人の手術をば予をして見せしむることを余儀《よぎ》なくしたり。

その日午前九時過ぐるころ家をいでて病院に腕車《わんしや》を飛ばしつ。直ちに外科《げくわ》室の方《かた》に赴《おもむ》く時、むかうより戸を排《はい》してすらすらといできたれる華族《くわぞく》の小間《こま》使《づか》ひとも見ゆる容目《みめ》よきをんな二三人と、廊下《らうか》の半ばに行き違《ちが》へり。

見ればかれらの間には、被布《ひふ》着たる一個七八歳《さい》の娘《むすめ》を擁《よう》しつ、見送るほどに見えずなれり。これのみならず玄関《げんくわん》より外科室、外科室より二階なる病室に通ふあひだの長き廊下には、フロックコオト着たる紳士《しんし》、制服着《つ》けたる武官、あるひは羽織袴《はおりはかま》のいでたちの人物、その他、貴婦人令嬢《れいぢやう》等いづれもただならず気高きが、あなたに行き違ひ、こなたに落ち合ひ、あるひは歩し、あ

利器として
　役立てて。
医学士
　大学医学部卒業者の称号《しょうごう》。
腕車
　人力車。
排して
　おしひらいて。
華族
　明治時代になって皇族の下におかれた族称。
小間使ひ
　身の回りの雑用をする女性。
被布
　着物の上にはおる衣服。
擁する
　抱《かか》える。引率《いんそつ》す

るひは停し、往復あたかも織るがごとし。予は今門前において見たる数台《すだい》の馬車に思ひ合わせて、ひそかに心にうなづけり。かれらのある者は沈痛《ちんつう》に、ある者はきづかはしげに、はたある者は慌《あわ》ただしげに、いづれも顔色穏《おだ》やかならで、忙《せは》しげなる小刻みの靴《くつ》の音、草履《ざうり》の響《ひび》き、一種寂寞《せきばく》たる病院の高き天井《てんじやう》と、広き建具《たてぐ》と、長き廊下との間にて、異様の跫音《きやうおん》を響かしつつ、うたた陰惨《いんさん》の趣《おもむき》をなせり。

予はしばらくして外科室に入りぬ。

時に予と相目《あいもく》して、唇辺《しんぺん》に微笑《びせう》を浮《う》かべたる医学士は、両手を組みてややあをむけに椅子《いす》に凭《よ》れり。今にはじめぬことながら、ほとんどわが国の上流社会全体の喜憂《きいう》に関すべき、この大いなる責任をになへる身の、あたかも晩《ばん》餐《さん》の筵《むしろ》にのぞみたるごとく、平然として冷ややかなること、おそらくかれのごときは稀《まれ》なるべし。助手三人と、立ち会ひの医博士《はかせ》一人《にん》と、別に赤十字の看護婦五名あり。看護婦その者にして、胸に勲章《くんしやう》帯びたるも見受けたるが、あるやんごとなきあたりより特に下したまへるもありぞと思はる。他に女《によ》性《しやう》とてはあらざりし。なにがし公と、なにがし侯《こう》と、なにがし伯《はく》と、皆《みな》立ち

る。

フロックコオト　礼服の一つ。

寂寞　もの寂《さび》しいさま。

建具　ドアなどのこと。

跫音　あしおと。

うたた　いよいよ、ひどく。

晩餐の筵　宴会《えんかい》の席。

やんごとなき　きわめて尊い、おそれおおい。

公　公爵《こうしやく》のこと。侯・伯も爵位を表す。

会ひの親族なり。しかして一種形容すべからざる面色《おももち》にて、愁然《しうぜん》として立ちたるこそ、病者の夫の伯爵《はくしやく》なれ。

室内のこの人々にみまもられ、室外のかの方々にきづかはれて、塵《ちり》をも数ふべく、明るくして、しかも何となくすさまじく侵《をか》すべからざるごとき観あるところの外科《げくわ》室の中央に据《す》ゑられたる、手術台なる伯爵夫人は、純潔なる白衣《びやくえ》をまとひて、死骸《しがい》のごとく横たはれる、顔の色あくまで白く、鼻高く、おとがひ細りて手足は綾羅《りようら》にだも堪《た》へざるべし。唇《くちびる》の色少しくあせたるに、玉のごとき前歯かすかに見え、眼《め》は固く閉《と》ざしたるが、眉《まゆ》は思ひなしかひそみて見られつ。わづかに束《つか》ねたる頭髪《とうはつ》は、ふさふさと枕《まくら》に乱れて、台の上にこぼれたり。

そのかよわげに、かつ気高く、清く、貴《たふと》く、うるはしき病者のおもかげを一目《ひとめ》見るより、予は慄然《りつぜん》として寒さを感じぬ。

医学士はと、ふと見れば、かれは露《つゆ》ほどの感情をも動かしをらざるもののごとく、虚心《きよしん》に平然たるさまあらはれて、椅子《いす》にすわりたるは室内にただかれのみなり。そのいたく落ち着きたる、これを頼《たの》もしといはばいへ、伯爵夫

綾羅にだも堪へざるべし　あやぎぬ、うすものも重く感じ、たえられないだろう。

慄然　恐《おそ》ろしさにわなわなふるえるさま。

人のしかき容体《ようだい》を見たる予が眼よりはむしろ心憎《こころにく》きばかりなりしなり。

をりからしとやかに戸を排《はい》して、静かにここに入り来《きた》れるは、さきに廊下《ろうか》にて行き逢《あ》ひたりし三人の腰元《こしもと》の中に、ひときは目立ちしをんななり。

そと貴船伯《きふねはく》に打ち向かひて、沈《しづ》みたる音調もて、

「御前《ごぜん》、姫様《ひいさま》はやうやうお泣きやみあそばして、別室におとなしういらつしやいます。」

伯はものいはでうなづけり。

看護婦はわが医学士の前に進みて、

「それでは、あなた。」

「よろしい。」

と一言答へたる医学士の声は、この時少しく震《ふる》ひを帯びてぞ予が耳には達したる。その顔色はいかにしけむ、にはかに少しく変はりたり。

さてはいかなる医学士も、すはといふ場合にのぞみては、さすがに懸念《けねん》のなからむやと、予は同情を表したりき。

看護婦は医学士の旨《むね》を領して後、かの腰元に立ち向かひて、

腰元
　身分の高い人のそばに仕えて雑用をする侍女《じじょ》。

すは
　物事に驚《おどろ》いて発する言葉。それ、さては。

「もう、何ですから、あのことを、ちよつと、あなたから。」

腰元《こしもと》はその意を得て、手術台に擦《す》り寄りつ。優《いう》に膝《ひざ》のあたりまで両手を下げて、しとやかに立礼《りつれい》し、

「おくさま、ただ今、お薬を差し上げます。どうぞそれを、お聞きあそばして、いろはでも、数字でも、おかぞへあそばしますやうに。」

伯爵《はくしやく》夫人は答へなし。

腰元はおそるおそる繰《く》り返して、

「お聞き済みございませうか。」

「ああ。」とばかり答へたまふ。

念をおして、

「それではよろしうございますね。」

「何かい、麻酔剤《ねむりぐすり》をかい。」

「はい、手術のすみますまで、ちよつとの間でございますが、御寝《げし》なりませんと、いけませんさうです。」

夫人は黙《もく》して考へたるが、

優に　しとやかに。上品で奥ゆかしい。

「いや、よさうよ。」といへる声は判然として聞こえたり。一同顔を見合はせぬ。

腰元は諭《さと》すがごとく、

「それではおくさま、ご療治《れうじ》ができません。」

「はあ、できなくツてもいいよ。」

腰元は言葉はなくて、顧《かへり》みて伯爵の色をうかがへり。伯爵は前に進み、

「奥《おく》、そんな無理をいつてはいけません。できなくツてもいいといふことがあるものか。わがままをいつてはなりません。」

侯爵《こうしやく》はまた傍《かたは》らより口を挟《はさ》めり。

「あまり、無理をおいやつたら、姫《ひい》を連れてきて見せるがいいの。はやくよくならんでどうするものか。」

「はい。」

「それではご得心でございますか。」

腰元はその間に周旋《しうせん》せり。夫人は重げなる頭《かぶり》をふりぬ。看護婦の一人《にん》は優《やさ》しき声にて、

色　顔色。

得心　納得《なつとく》すること。

周旋　人の間を取り持つこと。

「なぜ、そんなにお嫌《きら》ひあそばすの、ちつともいやなもんぢやございませんよ、うとうとあそばすと、すぐすんでしまひます。」

この時夫人の眉《まゆ》は動き、口はゆがみて、瞬間《しゆんかん》苦痛に堪《た》へざるごとくなりし。半ば目をみひらきて、

「そんなに強《し》ひるならしかたがない。わたしはね、心に一つ秘密がある。麻酔剤《ねむりぐすり》はうはごとをいふと申すから、それが恐《こは》くつてなりません、どうぞもう、眠《ねむ》らずにお療治《れうじ》ができないやうなら、もうもうなほらんでもいい、よしてください。」

聞くがごとくんば、伯爵《はくしやく》夫人は、意中の秘密を夢現《むげん》の間に人につぶやかむことを恐《おそ》れて、死をもてこれを守らうとするなり。良人《をつと》たる者がこれを聞ける胸中いかん。このことばをしてもし平生《へいぜい》にあらしめば必ず一条の紛紜《ふんぬん》をひきおこすに相違《さうゐ》なきも、病者に対して看護の地位に立てる者はなんらのこともこれを不問に帰せざるべからず。しかもわが口よりして、あからさまに秘密ありて人に聞かしむることを得ずと、断乎《だんこ》としていひいだせる、夫人の胸中を推《すゐ》すれば。

意中　心の中。

紛紜　みだれ、ごたごた。事のもつれ。

伯爵は温平《をんこ》として、

「わしにも、聞かされぬことなンか。え、奥《おく》。」

「はい、誰《たれ》にも聞かすことはなりません。」

夫人は決然たるものありき。

「なにも麻酔剤《ますゐざい》をかいだからつて、うはごとをいふといふ、きまつたこともなささうぢやの。」

「いいえ、このくらゐ思つてゐれば、きつといひますに違《ちが》ひありません。」

「そんな、また、無理をいふ。」

「もう、ご免《めん》くださいまし。」

投げ棄《す》つるがごとくかくいひつつ、伯爵夫人は寝返《ねがへ》りして、横にそむかむとしたりしが、病《や》める身のままならで、歯を鳴らす音聞こえたり。

ために顔の色の動かざる者は、ただかの医学士一人《いちにん》あるのみ。かれはさきにいかにしけむ、ひとたびその平生《へいぜい》を失せしが、今やまた自若《じじやく》となりたり。

侯爵《こうしやく》は渋面《じふめん》造りて、

「貴船《きふね》、こりやなんでも姫《ひい》を連れてきて、見せることぢやの、なんぼでも児《こ》

温乎　おだやかなさま。

自若　おちついていて、いつもと変わらない様子。

渋面　42ページ注参照。

のかはいさには我折《がお》れよう。」

伯爵《はくしやく》はうなづきて、

「これ、綾《あや》。」

「は。」と腰元《こしもと》は振《ふ》り返る。

「なにを、姫《ひい》を連れてこい。」

夫人はたまらず遮《さへぎ》りて、

「綾、連れてこんでもいい。なぜ、眠《ねむ》らなけりや、療治《れうじ》はできないか。」

看護婦は窮《きう》したる微笑《ゑみ》を含《ふく》みて、

「お胸を少し切りますので、お動きあそばしちやあ、けんのんでございます。」

「なに、わたしや、ぢつとしてゐる。動きやあしないから、切つておくれ。」

予はそのあまりの無邪気《むじやき》さに、覚えず森寒《しんかん》を禁じえざりき。おそらく今日の切開術は、眼《まなこ》を開きてこれを見るものあらじとぞ思へるをや。

看護婦はまたいへり。

「それはおくさま、いくらなんでもちつとはお痛みあそばしませうから、爪《つめ》をお取りあそばすとは違《ちが》ひますよ。」

我折れ　わがままな気持ちをまげる。譲歩《じょうほ》する。

窮したる　すっかり困った様子。

森寒　震撼《しんかん》。ふるえ動くこと。

夫人はここにおいてぱつちりと眼《め》をひらけり。気もたしかになりけむ、声は凛《りん》として、

「刀《たう》を取る先生は、高峰様《たかみねさま》だらうね！」

「はい、外科《げくわ》科長です。いくら高峰様でも痛くなくお切り申すことはできません。」

「いいよ、痛かあないよ。」

「夫人、あなたのご病気はそんな手軽いのではありません。肉をそいで、骨を削《けづ》るのです。ちつとの間ご辛抱《しんばう》なさい。」

臨検の医博士《はかせ》はいまはじめてかくいへり。これたうてい関雲長《くわんうんちやう》にあらざるよりは、堪《た》へ得《う》べきことにあらず。しかるに夫人は驚《おどろ》く色なし。

「そのことは存じてをります。でもちつともかまひません。」

「あんまり大病なんで、どうかしをつたと思はれる。」

と伯爵は愁然《しうぜん》たり。侯爵《こうしやく》は傍《かたは》らより、

「ともかく、今日はまあ見合はすとしたらどうぢやの。あとでゆつくりといひ聞かすがよからう。」

臨検　その場に行って点検すること。

関雲長　中国『三国志《さんごくし》』で知られる武将。関羽《かんう》。囲碁《いご》をしながら矢傷を切開、治療《ちりやう》させたという。

伯爵《はくしゃく》は一議もなく、衆皆《みな》これに同ずるを見て、かの医博士は遮《さへぎ》りぬ。

「ひととき後《おく》れては、取り返しがなりません。いつたい、あなた方は病《やまひ》を軽《けい》蔑《べつ》してをらるるから埒《らち》あかん。感情をとやかくいふのは姑息《こそく》です。看護婦ちよつとお押《お》さへ申せ。」

いと厳《おごそ》かなる命の下《もと》に五名の看護婦はバラバラと夫人を囲みて、その手と足とを押さへむとせり。かれらは服従をもつて責任とす。単に、医師の命をだに奉《ほう》ずればよし、あへて他の感情を顧《かへり》みることを要せざるなり。

「綾《あや》！　来ておくれ。あれ！」

と夫人は絶え入る呼吸《いき》にて、腰元《こしもと》を呼びたまへば、慌《あわ》てて看護婦を遮りて、

「まあ、ちよつと待つてください。おくさま、どうぞ、ご堪忍《かんにん》あそばして。」

と優《やさ》しき腰元はおろおろ声。

夫人の面《おもて》は蒼然《さうぜん》として、

「どうしてもききませんか。それぢや全快《なほ》つても死んでしまひます。いいからこのままで手術をなさいと申すのに。」

と真白く細き手を動かし、からうじて衣紋《えもん》を少しくつろげつつ、玉のごとき

一議
　ただ一度の相談。
埒あかん
　かたがつかない。
姑息
　その場しのぎ。
衣紋
　着物のえり。
玉
　美しい宝石、真《しん》珠《じゅ》。

胸部を顕《あらは》し、

「さ、殺されても痛かあない。ちつとも動きやしないから、大丈夫《だいぢやうぶ》だよ。切つてもいい。」

決然として言ひ放てる、辞色ともに動かすべからず。さすが高位の御身《おんみ》とて、威厳《ゐげん》あたりを払《はら》ふにぞ、満堂ひとしく声をのみ、高きしはぶきをも漏《も》らさずして、寂然《せきぜん》たりしその瞬間《しゆんかん》、さきよりちとの身動きだもせで、死灰《しくわい》のごとく、見えたる高峰《たかみね》、軽く身を起こして椅子《いす》を離《はな》れ、

「看護婦、刀《メス》を。」

「ええ。」と看護婦の一人《いちにん》は、目をみはりてためらへり。一同ひとしく愕然《がくぜん》として、医学士の面《おもて》をみまもる時、他の一人の看護婦は少しく震《ふる》へながら、消毒したる刀を取りてこれを高峰に渡《わた》したり。

医学士は取るとそのまま、靴音《くつおと》軽く歩《ほ》を移して、つと手術台に近接せり。

看護婦はおどおどしながら、

「先生、このままでいいんですか。」

「ああ、いいだらう。」

辞色　言葉遣《づか》いと顔色。
満堂　その場の人全部。
寂然　しずかなさま。ものさびしいさま。
死灰　火の気のなくなった灰。生気のなくなったもの。
つと　突然《とつぜん》、さっと。急に動く様子。

「ぢやあ、お押《お》さへ申しませう。」

医学士はちよつと手を挙げて、軽く押しとどめ、

「なに、それにも及《およ》ぶまい。」

いふ時はやくその手は既《すで》に病者の胸をかきあけたり。夫人は両手を肩《かた》に組みて身動きだもせず。

かかりし時医学士は、誓《ちか》ふがごとく、深重厳粛《しんちょうげんしゅく》なる音調もて、

「夫人、責任を負つて手術します。」

時に高峰《たかみね》の風采《ふうさい》は一種神聖にして犯《をか》すべからざる異様のものにてありしなり。

「どうぞ。」と一言答《ひとこといら》へたる、夫人が蒼白《さうはく》なる両の頬《ほほ》に刷《は》けるがごとき紅《くれなゐ》を潮《てう》しつ。ぢつと高峰を見詰《みつ》めたるまま、胸に臨《のぞ》める鋭刀《ナイフ》にも眼《まなこ》をふさがむとはなさざりき。

と見れば雪の寒紅梅《かんこうばい》、血汐《ちしほ》は胸よりつと流れて、さと白衣《びやくえ》を染むるとともに、夫人の顔はもとのごとく、いと蒼白《あをじろ》くなりけるが、果たせるかな自若《じじやく》として、足の指をも動かさざりき。

深重
落ち着いていて重々しい。

雪
雪のように白い肌《はだ》の比喩《ひゆ》。

寒紅梅
寒中に咲《さ》く梅。雪の縁語《えんご》で、紅は血の色を暗示する。

ことのここに及《およ》べるまで、医学士の挙動脱兎《だつと》のごとく神速にしていささか間《かん》なく、伯爵《はくしやく》夫人の胸をさくや、一同はもとよりかの医博士《はかせ》に到《いた》るまで、ことばをさしはさむべき寸隙《すんげき》とてもなかりしなるが、ここにおいてか、わななくあり、面《おもて》を蔽《おほ》ふあり、背向《そがひ》になるあり、あるひは首《かうべ》をたるるあり、予のごとき、我を忘れて、ほとんど心臓まで寒くなりぬ。

三秒《セコンド》にしてかれが手術は、ハヤその佳境《かきやう》に進みつつ、刀《メス》骨に達すと覚しき時、

「あ。」と深刻なる声を絞《しぼ》りて、二十日以来寝返《ねがへ》りさへも得《え》せずと聞きたる、夫人は俄然《がぜん》器械のごとく、その半身を跳《は》ね起きつつ、刀《たう》取れる高峰が右手《めて》の腕《かひな》に両手をしかと取りすがりぬ。

「痛みますか。」

「いいえ、あなただから、あなただから。」

かく言ひかけて伯爵夫人は、がつくりと仰向《あをむ》きつつ、凄冷極《せいれいきは》まりなき最後の眼《まなこ》に、国手《こくしゆ》をぢつとみまもりて、

「でも、あなたは、あなたは、私を知りますまい！」

脱兎　非常に早いことのたとえ。

神速　人間わざとは思われないくらい速いこと。

いささか　(下に否定語を伴《ともな》って) すこしも。

寸隙　わずかの時間。

わななく　恐《おそ》れや興奮で体がふるえること。

背向になる　うしろを向く。

佳境　興味深い所。やま場。

いふ時おそし、高峰《たかみね》が手にせる刀《メス》に片手を添《そ》へて、乳《ち》の下深く掻《か》き切りぬ。医学士は真蒼《まつさを》になりて戦《をのの》きつつ、

「忘れません。」

その声、その呼吸《いき》、その姿、その声、その呼吸、その姿。伯爵《はくしやく》夫人はうれしげに、いとあどけなき微笑《ゑみ》を含《ふく》みて高峰の手より手をはなし、ばつたり、枕《まくら》に伏《ふ》すとぞ見えし、唇《くちびる》の色変はりたり。

その時の二人がさま、あたかも二人の身辺には、天なく、地なく、社会なく、全く人なきがごとくなりし。

下

数ふれば、はや九年前《ぜん》なり。高峰がそのころはいまだ医科大学に学生なりしみぎりなりき。ある日予はかれとともに、小石川《こいしかは》なる植物園に散策しつ。五月五日躑躅《つつじ》の花盛《さか》んなりし。かれとともに手を携《たづさ》へ、芳草《はうさう》の間を出つ、入りつ、園内の公園なる池をめぐりて、咲《さ》きそろひたる藤《ふぢ》を見つ。

がつくり　しゃんとしていた体が力を失う。

張りつめていた気持ちがゆるむ。

凄冷　ひえびえとして、さびしくいたましい様子。

国手　名医のこと。

小石川なる植物園　東京都文京《ぶんきよう》区にある小石川植物園のこと。江戸幕府の小石川薬園を明治になって東京大学理学部が引き継《つ》いだ。

歩《ほ》を転じてかしこなる躑躅の丘《をか》に上《のぼ》らむとて、池に添《そ》ひつつ歩める時、かなたより来《きた》りたる、一群れの観客あり。

ひとり洋服のいでたちにて煙突帽《えんとつぼう》を戴《いただ》きたる蓄髯《ちくぜん》のをとこ前衛《ぜんゑい》して、中に三人の婦人を囲みて、後《あと》よりもまた同じさまなるをとこ来れり。かれらは貴族の御者《ぎよしや》なりし。中なる三人のをんなたちは、一様に深張りの涼傘《ひがさ》をさしかざして、裾《すそ》さばきの音いとさやかに、するすると練り来れる、ト行き違《ちが》ひざま高峰は、思はず後《あと》を見返りたり。

「見たか。」

高峰はうなづきぬ。「むむ。」

かくて丘に上りて躑躅を見たり。躑躅は美なりしなり。されどただ赤かりしのみ。

傍《かたは》らのベンチに腰《こし》かけたる、商人体《あきうどてい》のわかものあり。

「吉《きつ》さん、今日はいいことをしたぜなあ。」

「さうさね、たまにやおまへのいふことを聞くもいいかな、浅草《あさくさ》へ行つてここへ来なかつたらうもんなら、拝まれるんぢやなかつたつけ。」

芳草　香《かお》りのある草。

煙突帽　山高帽のこと。

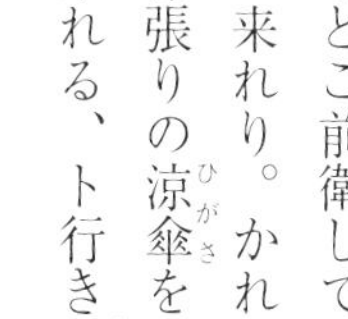

蓄髯　ひげをたくわえていること。

裾さばき　和服の裾が乱れたりからんだりしない歩きぶり。

体　外から見た様子。

浅草　東京都台東区《たいとう》の大衆的な娯楽街《ごらくがい》。

「なにしろ、三人ともそろつてらあ、どれが桃《もも》やら桜やらだ。」

「一人は丸髷《まるまげ》ぢやあないか。」

「どの道はやご相談になるんぢやなし、丸髷でも、束髪《そくはつ》でも、ないししやぐまでも何でもいい。」

「ところでと、あのふうぢやあ、ぜひ、高島田《ぶんきん》とくるところを、銀杏《いてふ》と出たなあどういふ気だらう。」

「銀杏、合点がいかぬかい。」

「ええ、わりい洒落《しやれ》だ。」

「なんでも、貴姑方《あなたがた》がお忍《しの》びで、目立たぬやうにといふはらだ。ね、それ、真ん中のに水際《みづぎは》が立つてたらう。いま一人が影武者《かげむしや》といふのだ。」

「そこでお召《め》し物はなんと踏《ふ》んだ。」

「藤色《ふぢいろ》と踏んだよ。」

「え、藤色とばかりぢや、本読みが納まらねえぜ。足下《そこ》のやうでもないぢやないか。」

「まばゆくつてうなだれたね、おのづとあたまが上がらなかつた。」

桃やら桜やら　美しい女性の比《ひ》喩《ゆ》。
丸髷　楕円形《だえんけい》で平たい髷を作った髪型《かみがた》。既婚《きこん》女性が用いた。
束髪　西洋風に髪を束ねた髪型。
しやぐま　縮れ毛で作った入れ毛を用いた髪型。
高島田　高尚《こうしょう》で優美《ゆうび》な未婚女性の髪型。
銀杏　銀杏返し。束ねた髪で二つの輪

「そこで帯から下へ目をつけたらう。」

「ばかをいはつし、もつたいない。見しやそれとも分《わ》かぬ間《ま》だつたよ。ああ残り惜《を》しい。」

「あのまた、歩きぶりといつたらなかつたよ。ただもう、すうツとかう霞《かすみ》に乗つて行くやうだつけ。裾《すそ》さばき、褄《つま》はづれなんといふことを、なるほどと見たは今日が初めてよ。どうもお育ち柄《がら》はまた格別違《ちが》つたもんだ。ありやもう自然、天然と雲上になつたんだな。どうして下界のやつばらがまねようたつてできるものか。」

「酷《ひど》くいふな。」

「ほんのこツたがわつしやそれご存じのとほり、北廓《なか》を三年が間《あひだ》、金毘羅様《こんぴらさま》に断つたといふもんだ。ところが、なんのこたあない。肌守《はだまも》りを懸《か》けて、夜中に土堤《どて》を通らうぢやあないか。罰《ばち》のあたらないのが不思議さね。もうもう今日といふ今日は発心《ほつしん》切つた。あの醜婦《すべた》どもどうするものか。見なさい、アレアレちらほらとかうそこいらに、赤いものがちらつくが、どうだ。まるでそら、ごみか、うじがうごめいてゐるやうに見えるぢやあないか。ばかばか

を作り、髷とする。意気な髪型。
銀杏　一丁をかける。
貴姑方　高貴な女性方。
水際が立つて　あざやかにみえて。
本読みが納まらねえ　納得《なつとく》がいかない。
足下　あんた。
見しやそれとも…　百人一首・『新古《しんこ》今《きん》集』の紫式部《むらさきしきぶ》の歌による。ほんの短い間。
褄はづれ　身のこなし。

しい。」

「これはきびしいね。」

「じようだんぢやあない。あれ見な、やつぱりそれ、手があつて、足で立つて、着物も羽織《はおり》もぞろりとお召《め》しで、おんなじやうな蝙蝠傘《かうもりがさ》で立つてるところは、はばかりながらこれ人間の女だ、しかも女の新造《しんぞ》だ。女の新造に違《ちが》ひはないが、今拝んだのとくらべて、どうだい。まるでもつて、くすぶつて、なんといつていいか汚《よご》れきつてゐらあ。あれでもおんなじ女だつさ、へむ、聞いてあきれらい。」

「おやおや、どうした大変なことをいひ出したぜ。しかし全くだよ。わつしもさ、今まではかう、ちよいとした女を見ると、ついそのなんだ。いつしよに歩くおめえにも、ずゐぶん迷惑《めいわく》をかけたつけが、今のを見てからもうもう胸がすつきりした。なんだかせいせいとする、以来女はふツつりだ。」

「それぢやあ生涯《しやうがい》ありつけまいぜ。源吉《げんきち》とやら、みづからは、とあの姫様《ひいさま》が、言ひさうもないからね。」

「罰《ばち》があたらあ、あてこともない。」

雲上
雲上人。貴族。
北廓
浅草《あさくさ》の北にある吉原遊廓《よしわらゆうかく》のこと。
金毘羅
病気や災難を除く神。
土堤
吉原近くの山谷《さんや》堀《ぼり》の堤《つつみ》のこと。
発心切った
決心した。

ぞろりとお召しで
目に立つほどぜいたくなお召縮《めしちり》緬《めん》を着て。
新造
若い女性。
ふツつり

「でも、あなたやあ、と来たらどうする。」

「正直なところ、わつしはにげるよ。」

「足下《そこ》もか。」

「え、君は。」

「わつしもにげるよ。」と目を合はせつ。しばらくことば途絶《とだ》えたり。

「高峰《たかみね》、ちつと歩かうか。」

予は高峰とともに立ち上がりて、遠くかのわかものを離《はな》れし時、高峰はさも感じたる面色《おももち》にて、

「ああ、真の美の人を動かすことあのとほりさ、君はお手のものだ、勉強したまへ。」

予は画師《ゑし》たるがゆゑに動かされぬ。行くこと数百歩《すひやつぽ》、かの樟《くす》の大樹の鬱蓊《うつをう》たる木の下蔭《したかげ》の、やや薄暗《うすぐら》きあたりを行く藤色《ふぢいろ》の衣《きぬ》の端《はし》を遠くよりちらとぞ見たる。

園を出《い》づれば丈《たけ》高く肥えたる馬二頭立ちて、磨硝子《すりがらす》入りたる馬車に、みたりの馬丁《べつたう》休《やす》らひたりき。その後《のち》九年を経て病院のかのことありしまで、高峰

きっぱりやめるさま。
あてこともない　とんでもない。
鬱蓊　草木のさかんに茂《しげ》るさま。
馬丁　ここでは、馬車を操《あやつ》る人。

はかの婦人のことにつきて、予にすら一言をも語らざりしかど、年齢《ねんれい》においても、地位においても、高峰《たかみね》は室《しつ》あらざるべからざる身なるにもかかはらず、家を納むる夫人なく、しかもかれは学生たりし時代より品行いっそう謹厳《きんげん》にてありしなり。予は多くをいはざるべし。

青山《あをやま》の墓地と、谷中《やなか》の墓地と所こそは変はりたれ、同じ日に前後して相逝《ゆ》けり。

語を寄す、天下の宗教家、かれら二人は罪悪ありて、天に行くことを得ざるべきか。

室　内室。奥方《おくがた》。
謹厳　慎《つつし》み深く、おごそかな様子。ふざけたりしないで、控《ひか》えめ。
青山の墓地　東京都港区南青山にある広大な墓地。
谷中の墓地　東京都台東《たいとう》区谷中にある広大な墓地。
語を寄す　言葉を加える。

解説

秋《あき》山《やま》稔《みのる》

反俗《はんぞく》の美、幻想《げんそう》の美を描《えが》いた作家、泉鏡花

泉鏡花は、語りや比喩《ひゆ》を多用して日本語の表現の可能性を追求し、反俗の美、幻想の美を描いた作家として、特に異彩《いさい》を放っています。目に見えない存在、現世と地続きの別世界、他界を描いて幻想の美を追求しました。『予の態度』（一九〇八年七月）では、「お化け」を「深山幽谷《ゆうこく》」よりも「お江戸《えど》の真中《まんなか》電車の鈴《すず》の聞こえる所へ出したい」とも言っています。なぜ、これほど他界や幻想にこだわったのでしょうか。

息苦しい社会への不信と反感

作家正宗白鳥《まさむねはくちょう》は、鏡花が江戸時代を好んで「新文明」や「文明の産物」を嫌《きら》っていることを指摘《してき》しています。鏡花が幻想を描く根底には、実は現実の社会に対する深い疑いと反感がありました。

明治以降の日本は、急速に近代化をすすめ、法律や制度を整備していきましたが、その間古いもの、時代に適合しないものが追いやられ、〈もの〉が〈こころ〉を駆逐《くちく》していきました。鏡花には、弱者

や女性が、富や権力、俗世間によって虐《しいた》げられ、迫害《はくがい》される息苦しい社会のように思われたのです。そんな中、鏡花が最も重視したのが、美しく純粋《じゅんすい》な心を持った男女、特に女性でした。作中では、純粋な心を持った主人公は、世俗的な富や権力の前に、敗北します。しかし、むしろ敗北を通して、逆に俗世間の価値観や因習的な社会の理不尽《りふじん》さ、矛盾《むじゅん》を照らしだそうとしました。また、他界は敗北した彼《かれ》らの救済の場でもありました。

「観念小説」で注目される

日清《にっしん》戦争が日本の勝利で終わった一八九五（明治二十八）年四月、鏡花は、『夜行巡査《じゅんさ》』を発表し、六月の『外科室』とともに高く評価されました。無名に等しかった鏡花が、一挙に新文学の担《にな》い手となったのです。当時、社会の裏面や深刻な社会問題に目を向けた文学を待望する声が高まっていました。警官を主人公に、職務に忠実であることから生じる悲劇《ひげき》を描いた『夜行巡査』は、その期待に見事に応《こた》えたといえます。ライバルの樋口一葉《ひぐちいちよう》は、『夜行巡査』の感想を「近頃《ごろ》にない大変面白いと思って読みました」と語ったといいます。五月の雑誌「青年文《せいねんぶん》」は、八田巡査とお香《こう》の伯父《おじ》のような人物は「従来嘗《かつ》て我国人の理想に上らざりし、否《いな》上せ得ざりし」と述べ、その斬新《ざんしん》さと筆遣《づか》いの巧《たく》みさを絶賛しています。『夜行巡査』・『外科室』は、まもなく「観念小説」と命名されました。

職務の非情と社会の罪を描く

「観念小説」は、「世相に対する一種の概念《がいねん》を作中に現化《げんか》せるもの」（島村抱月《しまむらほうげつ》）で、現実社会への批判を意図した作品です。鏡花は、日常では気づきにくい問題点を鮮明《せんめい》にするために、極端《きょくたん》な設定を構えて、末尾《まつび》に問題提起をし、読者への注意を促《うなが》しています。『夜行巡査』では、お香の亡き母に失恋した仕返しにお香を結婚させない「悪魔《あくま》」のような伯父を助けようとした八田巡査が、一方で「規則に夜昼はない」といって、些細《ささい》な違反《いはん》を厳しく叱《しか》る「怪獣」でもあったことの意味を、末尾の一節で読者に問いかけています。

　後日社会は、八田巡査を「仁《じん》」と称賛《しょうさん》したけれども、同じ八田が「老車夫」や「憐《あわ》れむべき母と子」を「厳責」したことを称賛しないのはどうかというのです。「仁」は、我が身を忘れ、人を思いやる心を言います。作品の前半と後半で八田巡査の行動は、一見矛盾《むじゅん》しているようにみえます。しかし、八田は「規則」を順守し、「職務」を全《まっと》うしているにすぎません。注目されるのは、八田巡査が「生命とともに愛を棄《す》て」た理由を、「社会よりになへる負債《ふさい》を消却《せうきやく》」するためだったと説明していることです。つまり、八田は警官として社会から与《あた》えられた義務と責任を全うしようとして、命と愛を棄てることになったわけで、問題は、それを課した社会にあるということになります。このように、社会に問題があって人間を悲劇に追いやるという考えを「社会の罪」といいます。これは、ヒューマニズムの作家ビクトル・ユーゴーを翻訳《ほんやく》し、翻訳王と呼ばれた森田思軒《もりたしけん》がこの頃主張したもので、思軒への共感をうかがうことができます。漢文を書き下したような男性的な文体も、思軒の翻訳文を意識したものでした。

ところで、なぜ八田は、「怪獣」と呼ばれるほどに職務に忠実なのでしょうか。八田は、お香の伯父と同様、恋を成就《じょうじゅ》できず、苦悩《くのう》しているはずです。おそらく警官としての使命感によって、苦悩を心の片隅《かたすみ》に追いやり、一種の反発力によって絶対的な使命感を自分に課しているものと思われます。このような極端な状況に置くことによって初めて、職務や制度が非情であることが明らかにされたのです。

純粋な愛と美の絶対性を描いた『外科室』

『外科室』発表の前の月、鏡花は評論『愛と婚姻《こんいん》』を発表し、社会制度としての結婚は女性を不幸にすると述べ、恋愛の自由を主張しました。また四ヶ月後には『醜婦《しゅうふ》を呵《か》す』で、宗教家や道徳家の説く「心の美」を否定して、女性の「天命の職分」は「花の如《ごと》く、雪の如く、唯《ただ》、美」にあると述べています。これらを総合すれば、鏡花の考えが明らかになります。それは、世俗的な道徳や結婚制度を越《こ》えた恋愛と女性の美の絶対性です。『外科室』は、それを具体化した作品ということができます。

『外科室』は、一瞬《いっしゅん》すれ違《ちが》っただけの男女が、九年後に外科手術室で執刀医《しっとうい》と伯爵《はくしゃく》夫人の患者として再会し、愛を確認《かくにん》するとともに、相次いで死を選ぶという作品です。この作品もまた当時の読者、評論家を驚《おどろ》かせました。「帝国文学《ていこくぶんがく》」（一八九五年八月）の「小説界の新傾向《けいこう》」は、「悲哀《ひあい》が喉《のど》を扼《やく》する（締《し》めつける）」ような痛切な作品だと称賛しながらも、高峰《たかみね》と夫人の出会いから告白までのいきさつを描くよう勧《すす》めました。確かに、この作品は一切の経緯《けいい》に言及《げんきゅう》していません。また、ヒロインの美しさに魅《み》せられた高峰の感動を、第三者の「商人体《あきうどてい》のわかもの」に代行させています。「上」が恋愛の結末、「下」が出会いという構成も、通常の小説では考えられません。これらは、いずれも、独自の恋愛観を表現するために、意図的になされたものと考えられます。

一瞬《いっしゅん》が永遠となる恋

　独自の恋愛観、それは、前年発表の作品『義血侠血《ぎけつきょうけつ》』にいう「瞬息《しゅんそく》において神会黙契《しんくわいもくけい》され」る恋愛、つまり神に会った時のように、心の奥底《おくそこ》の思いが暗黙《あんもく》のうちに一瞬に通じ合う恋、一瞬が永遠であるような恋です。抑《おさ》えられ秘密にされることによって純化され、濃密《のうみつ》になり、情熱的になっていった夫人の愛が、麻酔《ますい》なしの手術によってはっきりした意思として告白された時、謹厳《きんげん》であることによって深められていた愛を以《もっ》て高峰も応《こた》えました。夫人の「あなたは、私を知りますまい！」も、高峰の「忘れません。」も、いずれも九年前の一瞬の出会いを指します。それぞれ別個に育《はぐく》んでいた愛が、この瞬間融合《ゆうごう》し、一瞬が永遠となって、夫人は一足先に現世を越《こ》えていきます。高峰が後を追ったのは当然でしょう。手術室には、目撃《もくげき》者としての語り手「予」のほか、親族手術関係者など多くの人々がいます。しかし、この純粋な愛と美の絶対性を前に、俗世の身分も人々との関《かか》わりも全く無意味なものとなります。それが、「あたかも二人の身辺には、天なく、地なく、社会なく、全く人なきがごとくなりし。」という「上」の結びの意味なのです。なお、語り手「予」が画家と設定されたのは、既成《きせい》の道徳観に左右されず、鋭《するど》い感性で美を見極《きわ》める能力が要求されたからです。末尾の問いかけにある「罪悪ありて、天に行くことを得ざるべきか」という二人の行方《ゆくえ》は、問うまでもないでしょう。

『照葉狂言』の評価

『夜行巡査』の翌年、鏡花は、極端な設定と無理なストーリー展開による「観念小説」からの転進を図ります。それは、「我が世のおおいなる穉物語《おさなものがたり》をありのままに」語ったという自伝的な森鷗外《もりおうがい》訳『即興詩人《そっきょうしじん》』（アンデルセン作）を踏《ふ》まえて、九歳《さい》で母を亡《な》くした自身の生い立ちを再構成することでした。その代表作が、生家付近を舞台《ぶたい》に、両親のない少年の年上の女性二人への思慕《しぼ》と憧《あこが》れ、及びその後の境遇《きょうぐう》の変化を描いた『照葉狂言《てりはきょうげん》』（十一～十二月）です。この作品は、「繊弱《せんじゃく》」だと批判されましたが、評論家田岡嶺雲《たおかれいうん》は、「言々句々、皆詩趣《みなししゅ》を帯び」ていると評価しました。鏡花と親しかった作家久保田万太郎《くぼたまんたろう》は、「生を明治の時代にうけたものは、だれでも一度は、必ずこの〝嘆《なげ》きの門〟をくぐった」と語っています。多くの若者の共感を得た作品だったことがわかります。

孤独な少年を癒《いや》した故郷とその変貌

作品の前半では、「われ」（貢《みつぎ》）が向かいの年上の女性雪《ゆき》や旅回りの「照葉狂言」一座の花形小親《こちか》、さらには手毬歌《てまりうた》を唄《うた》う替《か》わりに哀《かな》しい「阿銀小銀《おぎんこぎん》」の昔話を聞かせてくれる女房《にょうぼう》などによって、母性への渇《かわ》きを癒《いや》される様子が描かれています。小親の一座に加わって八年後の帰郷を描いた後半は、洪水《こうずい》によって「ふるさと」が一変してしまったこと、つまり町の「一方の口」が開かれて、往来が頻繁《ひんぱん》になり、人も境遇《きょうぐう》も変わっていたことが語られ、かつて心を癒してくれた美しくかけがえのないものが失われたという感慨《かんがい》が語られています。

作品は、夫に虐待《ぎゃくたい》されている雪を救うために小親を犠牲《ぎせい》にしなければいけなくなった貢が、雪と小親のいる「小路」を離《はな》れて、そこを見下ろす高台で新たな旅立ちをする決意を語って終わります。それは、無垢《むく》で純真で、今まで小親のもとで、常に庇護《ひご》される者として過ごしてきた貢にとって、途方《とほう》もなく大きな決意でした。その前に貢は、師匠《ししょう》の小六が体が不自由になって売られ、手品師の舞台に立たされる末路と、かつて雪と一緒《いっしょ》に遊んだ思い出深い青楓《あおかえで》が原因で、雪の家が洪水で流された、そんな偶然《ぐうぜん》で雪が家のために望まない結婚をしたという、社会の現実を実感していました。今度は、貢自身が現実的な選択《せんたく》を迫《せま》られたのです。八年前に伯母《おば》が花札賭博《とばく》で警察に捕らえられた時、芸人の世界を選んだのは、二人の女性どちらの庇護をうけるかで、今回の選択とは異なっていました。自分の意思でどうするか、選び取ったのです。後年、この作品の結びについて問い合わせた読者に対して、鏡花は、雪を自力ではどうしても救えない、雪を救えないでいて小親と楽しく暮らすことはできない。だから、小親に別れて、雪と同じかなしくつらい思いをしようと行き先を決めないでまよい出るのだと説明しています。貢は、雪と小親の不幸を深く胸の奥《おく》に刻み、初めて自らの意思で一歩を踏《ふ》み出したといえるのです。

泉　鏡花　略年譜

西暦	年号	齢	文学活動	生活	社会の動き
一八七三	明治6			11月4日金沢市下新町に生まれる	1太陽暦実施
一八八〇	13	7		4養成小学校入学	11君が代初めて演奏
一八八二	15	9		12母、妹やゑ出産、三週間後死去	11福島事件
一八八四	17	11		4金沢高等小学校入学、同年中に真愛学校（北陸英和学校）に転校	松方デフレ、不況 鹿鳴館で初のバザー
一八八八	21	15		5第四高等中学受験失敗	2「国民之友」創刊
一八九〇	23	17		11小説家を志して上京	7第一回衆議院選挙
一八九一	24	18		10尾崎紅葉の玄関番となる	5ロシア皇太子遭難
一八九二	25	19	10処女作『冠弥左衛門』発表	11大火で金沢の生家類焼、帰郷	2壬辰の大干渉選挙
一八九四	27	21	11『義血侠血』発表	1父死去、帰郷。9上京	8日清戦争始まる
一八九五	28	22	4『夜行巡査』6『外科室』発表	2紅葉宅を出、博文館の編集従事	4三国干渉
一八九六	29	23	11〜12『照葉狂言』発表	5小石川大塚町で祖母、弟と同居	6三陸大津波
一八九九	32	26	12『湯島詣』刊	1新年会で伊藤すずを知る	2高等女学校令公布
一九〇〇	33	27	2『高野聖』発表	1春陽堂社員、「新小説」編集	5義和団事件
一九〇三	36	30	5『薬草取』発表	1神楽坂に転居、すずと同棲。 10紅葉死去	5藤村操華厳滝投身
一九〇五	38	32	6・11『女客』発表	2祖母死去。夏、逗子に転地療養	9日露戦争終わる
一九〇六	39	33	11『春昼』12『春昼後刻』発表	李賀の詩や和泉式部の歌に親しむ	12救世軍社会鍋開始

一九〇七	40	34	1～4『婦系図』発表	10西園寺首相文士招待会に参加	4漱石、朝日新聞へ
一九〇八	41	35	1『草迷宮』刊	6鏡花会始まる。8妹他賀死去	6国木田独歩死去
一九〇九	42	36	10～12『白鷺』発表	2逗子より帰京。4文芸革新会に参加	10伊藤博文、暗殺
一九一〇	43	37	1『歌行燈』発表	5麹町下六番町に転居	5大逆事件、8韓国併合
一九一三	大正2	40	3『夜叉ケ池』発表	4里見弴、6久保田万太郎を知る	東北、北海道凶作
一九一四	3	41	9『日本橋』刊	12伯父で能楽師の松本金太郎死去	7第一次世界大戦
一九一六	5	43	7『夜叉ケ池』初演	11水上滝太郎を知る	12漱石死去
一九一七	6	44	9『天守物語』発表	1漱石追悼文「夏目さん」発表	3ロシア革命
一九一九	8	46	1『由縁の女』連載開始	1夫人同伴で大阪に旅行	6ベルサイユ条約
一九二〇	9	47	5『売色鴨南蛮』発表	谷崎潤一郎、芥川龍之介と親交	5第一回メーデー
一九二四	13	51	5『眉かくしの霊』発表	摩耶夫人像を誂え、書斎に祀る	6築地小劇場開場
一九二五	14	52	7『鏡花全集』刊行開始	5「新小説」で「天才泉鏡花」号を臨時増刊	3普通選挙法成立
一九二六	15	53	1『絵本の春』発表	11金沢に帰り、妹やゑと再会	12大正天皇崩御
一九二七	昭和2	54	4『卵塔場の天女』発表	7龍之介自殺、葬儀で弔辞述べる	3金融恐慌始まる
一九二八	3	55	8『飛剣幻なり』発表	5「九九九会」(鏡花を囲む会)発足	2初の普通選挙
一九二九	4	56	7～11『山海評判記』発表	5夫人、従妹目細照と能登旅行	10世界恐慌始まる
一九三三	8	60	1『燈明之巻』『神鷺之巻』発表	3弟斜汀、徳田秋声のアパートで死去	2小林多喜二虐殺
一九三七	12	64	1～3『薄紅梅』発表	6帝国芸術院会員となる	7日中戦争始まる
一九三九	14	66	7『縷紅新草』発表	9月7日、肺腫瘍で死去	9第二次世界大戦

鏡花以前、鏡花以後

角《かく》田《た》光《みつ》代《よ》
（作家）

たとえばの話、ゲーム好きの友人に「私はドラクエ（ファイナルファンタジーでもトルネコでもなんでもいいんだけれど）を一度もやったことがない」と言うと、たいていが、「いいなあ！」と言う。映画好きの友人に「私はスターウォーズ（ゴッドファーザーでもマトリックスでもなんでもいいんだけれど）を見たことがない」と言うと、やっぱりたいていが「いいなあ！」と言う。

とてつもなくたのしいもの、興奮的なもの、すばらしいもの、影響《えいきょう》を受けずにはいられないものを、この人はまだ知らなくて、これから知ろうとしている、その喜びをこれから間違《まちが》いなく味わおうとしているのか、いいなあ、ということらしい。

この気持ち、私にもよくわかる。年を重ねるごとに、心から感動したり、興奮したり、もっと単純に、何か新しい、未知のものに触《ふ》れてびっくりするということが、どんどん減ってくる。自分の心に直接触れてくるものはほんの一握《ひとにぎ》りで、あとのだいたいは、それに類似しているが非なるものと、さほど興味が持てないものばかり。「ああ、すっごくおもしろいゲームがしたい」とか、「どうしようもなく興奮的な映画が見たい」と思っても、そういうものになかなか出合えなくなってしまうのだ。

もしあなたが泉鏡花という作家の書いたものを、一編も読んだことがないとするのなら、私は先に書いたような意味合いで、声を大にして言う。いいなあ！　と。これからあの世界を味わうことができるなんて、と。

好きとか嫌《きら》いとか、そういう個人的嗜好《しこう》に関係なく、泉鏡花の描《えが》く世界を知っているのと知らないのとでは、見えるものが違《ちが》う。世界ががらりと変わってしまう。何をおおげさな、と思うでしょう。でも、本当なんだな、これが。

私が泉鏡花という作家に本当の意味で出会ったのは、二十四歳《さい》のときだった。そのとき、私はタイを旅していた。ナップザックには何冊か文庫本を入れ、二ヶ月弱の旅に出たのだった。そのなかの一冊が、なぜか泉鏡花だった。

暑い暑い乾期《かんき》のタイを、北へ南へと気ままに移動して、途中《とちゅう》立ち寄ったある島が気に入って、そこには割合長く滞在《たいざい》した。電気の通っていないちいさな島で、食堂や宿屋は自家発電で明かりを供給し、しかしそれも、十一時を過ぎるといっせいにぽうっと消える。

数軒《けん》の雑貨屋と一軒の郵便局、あとは肉や魚の屋台が並ぶきりのこのちいさな島で、することもなく、私は一日海と向きあって本を読んでいた。泉鏡花をひもといたのは、この島でだった。

何か妙《みょう》だ、というのは、読み出してすぐ思ったことで、何が妙なのかはなかなかわからないんだけれど、ずっと読んでいるとなんだか自分がどこにいるかよくわからなくなる。あわてて本から顔をあげる。澄《す》んだ海が広がっている。ずっと向こう、海から巨大《きょだい》な岩が突《つ》き出ている。椰子《やし》の木が並んでいる。バナナの葉で屋根を編んだバンガローがある。まごうことなき東南アジア的風景なのだが、ちらりちらりと、その景色が揺《ゆ》れて、その合間から、よく見知ったような、なつかしいような光景が垣間《かいま》見える。椰子の木が松に見える。陽《ひ》を反射して輝《かがや》いている海のなかの岩が、雪の降り積もったちいさな島に見える。バナナの葉の屋根がわらぶき屋根に見える。現地の人が身にまとった衣類の、色合いの鮮《あざ》やかさが、着物のそれに見える。そうなのだ。目の前の東南アジア的光景の隙間《すきま》から、ひどく日本的な光景が、錯覚《さっかく》にしてはやけにはっきりと顔をのぞかせ、幾度《いくど》も私をたじろがせる。

泉鏡花の作品には、日本という場所の持つ、独自の、特殊《とくしゅ》な魅力《みりょく》が散りばめられている。とはいえ、日本文化を強調しているわけではけっしてない、古来の風習や土俗《どぞく》的な習慣などを書いているわけでもない。泉鏡花はただ、ある場所に生きる人々を緻密《ちみつ》に描《えが》き出しているだけである。

では、日本的なものっていったいなんだろう、と、はるばるタイの島で私は考えた。鏡花の何が、これほど力を持って私にある光景をくりかえし見せるのだろう。それは、日陰《ひかげ》のまったくないような暑い砂浜《すなはま》にいたから、かえってはっきりとわかったような気がした。

あわいのやわらかさだ、とそのとき私は思ったのだった。日向《ひなた》でもなく日陰《ひかげ》でもなく、その中間の、ちらちらと光の揺《ゆ》れるような部分。鏡花は、ものごとのあわいを描《えが》き出す。それは光景であり、色合いであり、温度であり、人の持つ感情であり、人と人の合間に生まれる人情である。

鏡花は、そのあわいを中心にして、影《かげ》と光を書いていく。彼の書く怪奇《かいき》談が、ただおそろしいだけの物語ではなく、読み手を釘付《くぎづ》けにしてしまうくらいうつくしいのは、影《かげ》がただの黒い闇《やみ》ではないからだ。闇のなかに、光とのあわいがちらちらと揺れ動いているからだ。

ここに収められた「照葉狂言《てりはきょうげん》」「夜行巡査《やこうじゅんさ》」「外科室《げかしつ》」、それらに登場する人物は、みな強い感情を持っているが、しかしやはり、ものごとの中間で揺れ続ける人ばかりであり、どれほど強い感情が描かれていても印象がやわらかい。あわいで揺れる、そのぶれが鏡花独自の物語をつくっている。

先ほど、泉鏡花を知ってしまうと世界が変わる、と書いた。タイのちいさな島で、私はそれを体感した。たとえば闇だ。十一時に島のすべての電気が消えると、当然周囲は混じりけのない闇に支配される。月が出ていれば月の明かりがさしこむけれど、それでもやっぱり闇にはかわりない。東南アジアの闇はこわくない。それは明確に闇だからだ。もし闇のなかにだれか――盗賊《とうぞく》だの強盗《ごうとう》だの、とにかく悪漢《あっかん》が――潜《ひそ》んでいれば、そりゃあこわい。けれど目の前に広がる闇が、何も隠《かく》さずそこにただあると知れば、もう全然こわくない。どちらにしても、闇はただの現象なのだ。

しかし泉鏡花の読後は、闇はもう現象ではなくなってしまう。闇というのはそこにあらゆるもの

——人の妄執《もうしゅう》や恋情《れんじょう》や、もしくは妖怪《ようかい》や幽霊《ゆうれい》や、もっと得体の知れない何かや——を潜ませた、巨大な生きもののように感じられてしまうのだ。

以来、私は他の国のどんなオバケより日本の幽霊がこわいと思うようになったし、自家発電の終了時には絶対に眠《ねむ》ってしまおうと決意するわけだが、それはさておき、それが日本の闇だと、私は思った。東南アジアの闇とも違う、ヨーロッパともアメリカとも違う、日本という場所の持つ個性的な闇。こわいしおそろしいが、しかし同時に、妖《あや》しく、うつくしく、どこかかなしい光の外の薄闇《うすやみ》。

泉鏡花の文体は、読み飛ばすことができないほど、上質で、優雅《ゆうが》で、ため息が出るほど妖艶《ようえん》だ。ときおり、読むこと自体がものすごい贅沢《ぜいたく》だと思うような文章に出合う。両手に本を広げて、独特な言葉の羅列《られつ》を目で追うだけで、そこからいきなり立体的な世界が立ち上がり、読み手を魅了《みりょう》する。きちんとした小説を読めば、そういう体験はかならずできるが、しかし鏡花の、幻想《げんそう》的であり同時に硬質《こうしつ》な世界は、ほかの作家では代替《だいたい》できない。このうつくしさを他で味わうことはちょっと無理だ。たぶん、この先どのくらい時間がたったとしても。

だから、私は思うのである。もしあなたがこれから泉鏡花を読むのだとしたら、本当にうらやましいなあ、と。てのひらの本から立ちのぼる鏡花の妖艶な世界は、未《いま》だ私を魅了するけれど、はじめて読んだあの世界の変化の体感を、今一度味わってみたいものだと、欲張りな私は思ってしまうのだ。

付記

一、本書本文の底本には、『鏡花全集』巻一・二（一九七三、第二刷、岩波書店刊）を用いました。
二、本書本文中には、今日の人権意識に照らして、不適当な表現が用いられていますが、原文の歴史性を考慮してそのままとしました。
三、本書本文の表記は、このシリーズ文語文の作品の表記の方針に従って、次のようにしました。
㈠ 仮名遣いは、「歴史的仮名遣い」とする。
㈡ 送り仮名は、現行の「送り仮名の付け方」によることを原則とする。
㈢ 底本の仮名表記の語を漢字表記には改めない。
㈣ 使用漢字の範囲は、常用漢字をゆるやかな目安とするが、仮名書きにすると意味のとりにくくなる漢語、および固有名詞・専門用語・動植物名は例外とする。
㈤ 底本の漢字表記の語のうち、仮名表記に改めても原文を損なうおそれが少ないと判断されるものは、平仮名表記に改める。
① 極端なあて字・熟字訓のたぐい。（ただし、作者の意図的な表記法、作品の特徴的表記法は除く。）
② 接続詞・指示代名詞・連体詞・副詞
㈥ 使用漢字の字体は、常用漢字および人名漢字については、いわゆる新字体を用い、それ以外は康熙字典体を用いることを原則とする。
㈦ 読者の便宜のため、次のような原則で、読み仮名をつける。
① 小学校で学習する漢字の音訓以外の漢字の読み方には、すべて読み仮名をつける。
② 読み仮名は、見開きごとに初出の箇所につける。ただし、主要な登場人物等の名前については、章または節の初出の箇所につける。

《監　修》
浅井　清　（お茶の水女子大学名誉教授）
黒井千次　（作家・日本文芸家協会理事長）

《資料提供》
日本近代文学館

照葉《てりは》狂言《きょうげん》・夜行《やこう》巡査《じゅんさ》ほか　読んでおきたい日本の名作

2003年8月8日　初版第1刷発行

著　者　泉《いずみ》　鏡花《きょうか》
発行者　小林　一光
発行所　教育出版株式会社
〒101-0051　東京都千代田区神田神保町2-10
電話　(03)3238-6965　FAX　(03)3238-6999
URL　http://www.kyoiku-shuppan.co.jp/

ISBN 4-316-80032-9　C0393
Printed in Japan　印刷：三美印刷　製本：上島製本
●落丁・乱丁本はお取替いたします。

●第二回配本

『萩原朔太郎詩集』
萩原朔太郎
注・解説 堤 玄太
エッセイ 香山リカ

『山月記・李陵ほか』
中島 敦
注・解説 佐々木充
エッセイ 増田みず子

『照葉狂言・夜行巡査ほか』
泉 鏡花Ⅰ
注・解説 秋山 稔
エッセイ 角田光代

●次回 第三回配本

『夢酔独言』
勝 小吉
注・解説 速水博司
エッセイ 尾崎秀樹

『たけくらべ・にごりえほか』
樋口一葉Ⅰ
注・解説 菅 聡子
エッセイ 藤沢 周

『どんぐりと山猫・雪渡りほか』
宮沢賢治Ⅱ
注・解説 宮澤健太郎
エッセイ おーなり由子

●好評既刊

『宮沢賢治詩集』
宮沢賢治Ⅰ
注・解説 大塚常樹
エッセイ 岸本葉子

『最後の一句・山椒大夫ほか』
森 鷗外Ⅰ
注・解説 大塚美保
エッセイ 中沢けい

『現代日本の開化ほか』
夏目漱石Ⅰ
注・解説 石井和夫
エッセイ 清水良典

『羅生門・鼻・芋粥ほか』
芥川龍之介Ⅰ
注・解説 浅野 洋
エッセイ 北村 薫

『デンマルク国の話ほか』
内村鑑三
注・解説 今高義也
エッセイ 富岡幸一郎